90살에
홀로 떠난 낭만여행

상산 신재석

☸ ㈜이화문화출판사

엮기에 앞서

   그저 무료하기만 한 요즘, 심신이 더욱 노그라져 마치 몽유 상태에서 허우적거리는 나날을 보내고 있다.

   그래서 간간이 검지가락을 구부려 키보드에 올려놓는다. 손가락은 분명 'ㄱ'을 눌렀는데 올라온 글자는 옆에 있는 'ㄷ' 아니면 'ㅅ'을 쳐놓기가 일쑤다. 실눈으로 초점을 맞추어야 겨우 몇 자가 창에 뜨는데 10분을 계속해서 응시할 수가 없다. 그렇게 어렵게 쳐 넣은 글을 뒤돌아 들여다보면 말짱 횡설수설이다.

   요즘 겪고 있는 심신의 고통 또한 심하리만큼 망가져 버렸다. 그러다 보니 하던 일도 민첩성이 떨어져 나무늘보처럼 느려져 시간만 헛되이 보내고 있다.

   남들이 받는다는 심한 스트레스를 내가 실제 겪고 보니 전갈에 쏘인 독보다 더 한층 심한 맹독이 내 안을 휘젓고 있다는 것을 체험하게 되었고, 그 해독제를 대신하여 몇 자씩 써보았다.

지금까지 출판한 책이 가치 여부를 떠나서 십수권은 되는데 그 모두가 딱딱한 한시를 비롯해서 쉬이 접근하기 싶지 않은 책들로 일관하였기에 이번에는 분위기를 확 바꾸어보고 싶었다. 그러다 보니 어려서부터 깊이 몸에 밴 장난기가 도져 품위가 없고 주책 없이 부박한 이야기도 서슴없이 채우게 되었다.

책 내용 대부분이 노인들의 지난 이야기로 일관하였지만, 젊은 세대에 사는 사람도 한세월 전 시절의 사회상을 들여다보는 것도 뜻이 있을 것이라 여긴다.

내일의 동트는 여명을 볼 수 있을지 기약할 수 없는 나이라서 지난 90년 세월의 시시하고 꼴답지 않은 사연들을 더듬어 유영(遊泳)하면서 생의 마지막 시간을 아꼈다.

2020년 5월 10일

상산常山 신재석申載錫

차례

1 파도에 스친 조약돌들 이야기

2 꽃 위를 남실대는 꿀벌들의 찬미

3 구름을 불러 타는 노옹들

4 치매에 노출된 잔생

5 '탄생취소처분통지서' 배달 중

발문 – 운천 황명걸 시인

파도에 스친 조약돌들 이야기

1

증조할머니의 '내 버러지'

한 7, 80년 전의 우리나라 백성들은 비록 배를 곯고 헐벗어도 서로 간에 오가는 정의는 두터웠고, 마음은 평화로웠다.

그 시절의 할머니들은 손주가 태어나면 귀여운 동물을 비유하는 애칭을 스스럼없이 붙이곤 했다. 그런 애칭은 신분의 고하를 막론하고 관례처럼 흔히 써오고 있었다.

사직공원 고갯마루의 허름한 집에 'ㅇㅇ도야지(ㅇㅇ道也知)'란 나무문패가 판자대문 기둥에 어엿하게 걸려 있었고, '개똥'이란 이름도 엄청 많이 쓰였다. '두꺼비'란 이름은 흔한 편이었고, 오래오래 살라는 뜻의 '거북이'란 이름도 꽤나 많았다.

이런 이름들은 그야말로 애칭에 불과했지만, 나이가 들었어도 그대로 고정된 채 불리는 경우가 의외로 많이 있었다.

시집 와서 딸을 낳으면 산모는 남편에 미안하고 시집 가문에 뵐 낯이 없어 한없는 설음에 울어야 했던 시절에, 아들을 낳으면 미리 준비해 두었던 항렬(行列)에 맞는 좋은 이름을 늦을세라 붙여 족보에 올리고 호적에 올린다. 딸들에게는 이름마저 떳떳하게 붙여주지 못했으니, 아들과 딸의 위상이 그만큼 격차가 컸던 것이다.

지금도 보건소의 환자 대기자 전광판을 들여다보면 수많은 이름 중에 그 당시의 이름들이 자주 띄는 것을 보게 된다.

'아지'란 이름은 갓 태어난 새끼라는 뜻으로 '아기'와 동일어의 애칭이다. 망아지, 송아지, 강아지, 도야지 등등 주로 가축에서 많이 보게 되는 애칭으로, 민가에서 흔히 부르는 귀염의 표현이다.

그럼에도 불구하고 갓 태어난 여자아기에게 '아기'가 아니라 굳이 '하찮다'는 뜻을 지닌 '아지'라고 이름 지어야 했는지 이해가 되지 않는다. 아마도 어린 동물에 비견하는 하찮은 존재로 여겼을 가능성이 충분해 보인다.

딸은 가문의 족보에도 올리지 못했다. 며느리를 들이면 이름이 빠진 성씨만 시집의 족보에 오른다. 누구의 배(配-배필), 전주 이씨 그리고 생년월일 정도의 표시로 입적이 된다.

딸은 호적에 올리는 것조차 미루고 미루다가 마지못해 호적에 올려야 하는 경우도 많았다. 그 이름이 태어나서부터 변함없이 불리었던 익숙한 애칭 그대로를 호적에 올렸다니, 그저

기가 찰 따름이다. 1930년대에 글을 읽을 수 없는 까막눈, 문맹률이 80%를 넘었다고 하니, 그럴 만도 했을 것이다.

증조할머니가 손수 태를 자르고 씻기고 하는 과정에서 얼른 머리에 스치는 이름이 귀여운 '버러지'밖에는 마땅히 부를 만한 것이 없으셨던 모양이다.

그것은 아마도 길쌈 매어 비단 짜던 생각을 하시며 어린 누에를 지칭한 것이 아니었을까 하는 생각을 나 스스로 해보았다.

아무튼 나는 그렇게 증조할머니의 '내 버러지'로 확정되어버린 모양이었다.

석잠을 자고난 누에애벌레

인디언들의 이름 중에 '늑대와 함께 춤을'이니, '발로 차는 새'니 하는 이름들이 흔히 있었던 모양이다.

그런데 우리 증조할머니의 어린 나는 '내 버러지'였으니, '타잔'처럼 늑대와 함께 지내는 것도 싫고 '발로 차는 새'처럼 극성스럽지 않고 할머니의 작은 손안에서 꼼지락거리는 유순한 '내 버러지'로 부르는 편이 좋으셨을 것이다.

일반적으로 일컫는 벌레는 고등동물과 새와 물고기, 패류 등을 제외한 원생동물을 말한다.

뱀이나 호랑이를 큰 벌레라는 뜻의 대충(大蟲)이라 하여 벌레 취급을 하기도 했다. 즉 사람을 해치는 나쁜 동물이라는, 독살스런 큰 벌레와 같다는 뜻의 말이다.

벌레 중에는 쐐기나 배추벌레, 말벌, 파리, 모기 같은 해충이 있는가 하면, 나비와 같은 아름다운 벌레도 있고, 꿀벌처럼 사람에게 이로운 벌레도 헤아릴 수 없이 많이 있다.

내가 어렸을 적에 증조할머니는 밖에서 놀다 들어오는 나를 보시고는 항상 하시는 말씀이 "요 내 버러지야!" 하시며 두 팔을 번쩍 들어 끌어안고 쓰다듬어 주셨다.

그렇게 말씀하신 벌레는 결코 끔찍스럽다거나 징그러운 해충이거나 뱀처럼 독살스런 대충을 지칭하는 것일 리가 없다. 그냥 손안에서 가지고 놀 수 있는, 야들하고 말랑한 귀여운 누에를 상상하셨을 것이다. 그것이 증조할머니가 내게 붙여주신 '내 버러지'라는 애칭이었다.

내가 태어났을 때 증조할머니는 자신의 손으로 아기를 받아내셨단다. 까무잡잡하고 쪼글쪼글한 벌레 같은 태아가 울음을 터뜨리는 것을 받아서 태를 자르고 씻겨서 갈대삿자리에 눕히셨던 할머니셨다.

나는 증조할머니가 살아계시는 동안 할머니의 '내 버러지'로 커가고 있었다.

못 말리는 손주자랑 ✦

　시대는 과학문명의 최첨단 시대로 급격히 바뀌어가고 있다. 과학은 노인들이 전혀 따라갈 수 없는 문명 속에 깊숙이 빠져 접근하기조차 어렵게 변해가고 있다. 얼마 전까지만 하더라도 어떤 요직에서 숱한 부하를 거느리며 당당하던 사람도 나이가 들면서 현대과학과 동떨어져 사회에서 밀려나고 있다.

　그 중에서 오직 하나, 서툴게나마 할 수 있는 것이 있다. 그것이 휴대폰이다.

　휴대폰은 열 사람이면 열 사람 다 가지고 다닌다. 어떤 이는 윗주머니나 바지의 뒷주머니에 넣고 다니고, 나이 든 어떤 이는 떨어뜨릴까 봐서 목에 줄을 매어 걸고 다니기도 한다. 아마도 딸이거나 손녀가 그렇게 해 주었을 것이다.

　70대 전후에 이른 초로의 남녀 노인들이 휴대폰을 꺼내들면 화면에 바로 뜨는 사진이 있다. 그 사진의 99% 정도는 어김없이 손자손녀의 사진일 것이다. 그것 말고도 '갤러리'를 열기만 하면 온통 손주사진으로 꽉 들어차 있다.

전철에 걸터앉으면 휴대폰을 들고 실성한 사람처럼 괜스레 실실거린다. 옆 사람에게 창피한 줄은 전혀 깨닫지 못한다. 창피를 알지 못하는 정도가 아니라 오히려 옆 사람에게 해죽해죽 있는말 없는말을 늘어놓으며 자기의 손주를 자랑한다.

졸음이 와서 눈꺼풀이 덮이는 옆 사람에게 반 강제로 들이밀며 세상에서 자기만이 있는 것처럼 손자손녀 자랑이 자심하게 이어진다.

목적을 위해서는 상대가 귀찮을지 어떨지 그런 것쯤은 상관할 필요를 아예 느끼지 않는다. 그것도 모자라서 동영상까지 틀어 보인다.

만약 나의 증조할머니의 손안에 휴대폰이라는 편리한 물건이 있었더라면, 아마도 남처럼 '내 버러지'를 사람들에게 돌려 보이면서 그렇게 하셨을 것이다.

못 말리는 손주자랑

나 역시 얼마 전까지만 해도 정도에 지나치는 자랑거리로 한 20년은 써먹었다. 손자손녀가 다섯이나 되다 보니, 자연 자랑거리가 이어질 수밖에 없었다.

내로라 하는 고관대작의 자식들이나 재벌총수의 자식들이 부모의 속을 어지간히 썩이는 뉴스를 끊임없이 듣고 보고 있다. 그럴 때마다 내 손자손녀들의 총명함을 자랑스럽게 여기지 않을 수가 없었다.

최근에는 손자손녀의 나이가 이미 30대가 되어 사회의 일원으로 활동하고 있는 데도 할아버지인 나는 아직도 자랑거리를 찾는다. 정말로 나사가 빠진 어리석은 팔불출이라 아니할 수가 없다.

어쩌겠는가, 이런 것이 사람 사는 세상에 영원히 지워질 수 없는 인지상정인 것을.

휴대폰 속의 손녀 모습

才孫 재손
슬기로운 손자

我孫俊秀根謙遜 아손준수근겸손
慈母剛柔訓本綱 자모강유훈본강
才品慧心氷潔己 재품혜심빙결기
秀英威德早知章 수영위덕조지장

손자들이 태생이 준수하고 겸손함에도
강하고 부드럽게 키워낸 자애로운 어미들
품격이 슬기롭고 얼음같이 해맑은
영재의 위덕임을 진작에 알았느니.

전쟁터의 업구렁이

전쟁이 치열하던 어느 날의 해 저문 밤에 105밀리 곡사포 부대의 이동이 있었다.

뻐꾹새도 울음을 멈춘 산속이라 사위는 고요하고 산 너머 먼 하늘에 섬광만이 마른번개처럼 번쩍이는 가운데 희미한 포성만이 간헐적으로 바람 타고 들려올 뿐이었다.

그렇게 평화로운(?) 전쟁터의 밤을 고이 보내고 아침이 밝아 오자, 우리가 설치한 포진지의 주변을 둘러보았다.

우리의 포진지가 두메 한촌의 초가집이 있던 빈 집터였고, 낮게 둘러쳐진 돌담만이 부서진 채로 햇볕을 받아 고색이 창연하게 드러나 있었다.

분대원들은 기름 먹인 걸레로 먼지 묻은 포를 구석구석 깨끗이 닦고, 긴 막대기에 걸레를 감아 포신강(砲身腔)을 후벼 청소하고 있었다. 그렇게 한가로운 시간이 한낮으로 이어졌다.

얼마 전에 갓 들어온 병사 하나가 "분대장님, 저기 황금구렁이가 있어요!" 하고 다급한 목소리로 소리 지른다. 분대원 전원의 눈이 그 병사의 손가락 끝을 향해 고정되었다.

춘천에서 소를 잡는 일을 도왔다는 박 일병이 대검을 손에 들고 다가가, 어슬렁거리며 기어가는 황금구렁이를 향해 일격으로 제압했다.

그런 구렁이를 '업구렁이'라고 하는데, 초가지붕 속이나 돌담 속에 살면서 그 집 액운을 막아주는 수호신으로 여겨오던 큰 뱀이다. 그러니만큼 길이가 한 발이나 되고 무게도 엄청나고 굵직했다.

구렁이 종류에는 먹구렁이, 산 구렁이와 금구렁이가 있다. 국립공원 치악산에 꿩과 얽힌 구렁이의 설화가 있는데, 그 설화를 근본으로 구렁이를 철망 속에 가두어 사육하고 있다.

치악산에 서식하고 있는 구렁이는 흑갈색을 띠고 있는 산 구렁이이고, 집 구렁이는 대개 먹구렁이 아니면 금구렁이다. 우리가 잡은 구렁이의 빛이 누런색을 띤, 그야말로 화려한 황금구렁이었다.

우리는 환호를 지르며 구렁이 목을 잡아 널판자 벽에 못을 박아 매달았다. 그리고 목둘레를 대검으로 도려내어 위에서부터 아래로 껍질을 훑어 벗겼다. 하얀 피 묻은 속살이 드러나 섬뜩한 느낌이 들었지만, 젊은 나이의 호기심만은 버릴 수가 없었다.

계곡에 내려가 깨끗이 씻고 토막을 내어 하얀 바윗돌 위에 올

려놓고 불을 지폈다. 구렁이 구이가 누릿하게 익어가면서 단
백질이 타는 구수한 냄새를 포진지에 풍긴다. 그러나 선뜻 다
가서서 먹으려들 하지 못한다.

산구렁이

부대 주둔지와 보급부대 사이
에 결전이 있거나 어떤 사고가
있을 때에는 보급품이 끊겨 밥
을 굶을 때가 잦았다. 그럴 때면
밤 시간의 틈을 타서 멀리 민가
의 빈집에 들어가 숨겨놓은 곡
식을 훔쳐다가 날쌀로 먹은 일이 한두 번이 아니었다.

그런 저런 일들을 생각하며 끔찍스럽다는 생각을 할 형편이
아닌데도 어쩐지 께름하여 입에 넣기가 섬쩍지근했고, 더구나
그 집을 지켜주는 수호신을 잡아먹는다는 생각에 주저하지 않
을 수가 없었다.

상급자의 눈치만 지켜보고 있던 예의 소잡이 박 일병이 대검
끝으로 한 조각을 찍어
뜯어먹는 것을 보고서
야 모두들 한 토막씩 입
에 넣는다.

맛은 먹을 만했다. 그
런데 뼛조각은 덜 익은

초가지붕 혹은 돌담에 서식하는 황금구렁이

것도 아닌데 엄청 질겨서 씹혀지지 않았다.

　하기야 독수리도 마다할 뼛조각을 누가 먹을까마는 혈기 왕
성한 시절의 궁금증이 씹어보게 했던 것이다.

陣中黃金蛇 진중 황금사
전쟁터의 황금구렁이

砲聲間歇虛飢次　포성간헐허기차
垣隙忽焉顯大蛇　원극홀언현대사
迅斬剝皮嘗味炙　신참박피상미적
寬仁莫怨業靈譁　관인막원업령화

이따금 들려오는 포성 속에 허기졌던 터에
돌담 틈에 홀연히 나타난 큰 업구렁이를
재빨리 잡아 껍질 벗겨 구워먹으면서
'신령이시여, 원한 품진 마오소서' 그 한마딘 남겼네.

상사병을 치료한 연애편지

연애편지는 그럭저럭 써본 셈이다.

그렇기는 한데 내가 내게 써먹은 연애편지는 단 한 장도 없었다. 괜히 쑥스런 생각이 앞서서였다. 그래서 연애는 실패를 거듭했다.

1954년 7월 27일에 휴전협정이 이루어졌다. 그 후에 7사단 포병부대에서 운 좋게 육군본부 심리전과에 배속되었다.

심리전과는 문인을 비롯하여 만화가 등 주로 붓으로 일하는 사람들이 모여 지리산에 숨어있는 빨치산을 회유하는 전단을 만드는 작업을 하는, 육군본부 별관의 교외부대였다.

그 부대가 대구시내를 벗어난 수성천 가의 폐분교 자리를 사용하고 있었다.

그런 특수한 교외부대에 우리 사병들은 장교와 문관집단이 일하는 뒤치다꺼리를 하며, 때로는 보조적인 일도 하며 어깨

너머로 배우기도 했다.

장교와 문관들이 퇴근하면 우리 사병들에게는 자유시간이 주어진다. 일부는 외출하고, 일부는 공부도 한다. 부대 주변이 드넓은 뽕나무 밭이었다. 그 뽕나무 사잇길을 흥얼흥얼 산책도 하며, 저녁노을이 고즈넉이 지는 시간을 마음 내키는 대로 보내며 자유로웠다.

부대 앞에 경상북도 잠사 시험장이 있었다. 저녁 시간이 오면 뽕밭에서 일하던 수십명의 여자 연수생들이 기숙사로 다 돌아온다.

남자들이 있는 곳에 여자들이 모이고, 여자들이 있는 곳엔 자연 남자들이 꼬이기 마련이다. 우리 사병들이 여자 기숙사를 기웃거리는 것 또한 자연의 이치였고, 기숙사의 여자 연수생 역시 우리 부대를 매일같이 기웃거렸다.

그러다 보니 서로 낯은 익었다. 그랬어도 부끄러워 마주 대화할 수는 없었다. 더욱이 일대일 대화는 엄두를 낼 수가 없었다. 나도 구애의 유혹을 받은 일이 두어 번은 있었다.

그렇게 지내던 어느 날부터 제일 하급자인 배 하사라는 사병 하나가 시름시름 앓아누웠다. 무슨 뚜렷한 증상이 있는 것도 아닌 것 같은데 밥도 먹지 못하고 미열에 식은땀에 젖는다. 가슴이 답답하고 한숨이 잦다. 얼굴에 홍조를 띠고 멍해져 있는 것이 우울증 같아 보이기도 했다.

그렇다고 육군병원에 가서 치료할 만한 병도 아닌 것 같았다. 그렇게 며칠을 지난 뒤에서야 원인을 짐작할 수 있었다.

잠사 시험장 연수생 중 한 여자를 좋아하는데 부끄러워 말도 붙일 수가 없어 차일피일 시일만 지나다 보니 페인처럼 되었던 것이다. 그것이 소위 말하는 짝사랑이었고, 상사불망 상태의 상사병(相思病)이었다.

황해도 지방에 '배뱅이굿'이라는 민속극이 있었다. 어떤 양반집 무남독녀 외동딸이 젊은 사미승에게 쌀보시 하고부터 그 사미승을 그리워하다가 상사병에 걸려 마침내 죽고 만다.

그 부모가 죽은 딸의 혼을 불러 한번 보게 해주면 후히 상을 주겠다고 소문을 냈고, 이에 엉터리 무당들이 속속 모여 굿판을 벌이는 이야기를 줄거리로 한 민속극이다.

이와 같은 마음의 병은 그 원인을 해결함으로써 치유되는 것이다. 그래서 무당이 아니어도 내가 해결책에 나섰다.

그것이 연애편지였다.

나는 가능하면 호소하듯 애절하게 써서 감동받게 하고 싶었다. 그 중에는 연극에서 본 대사도 끼워 넣었다. 사랑하는 여인을 향해 한쪽 무릎을 꿇고 두 손은 깍지 껴 합장하면서 '오! 그대 없는 세상은 태양 없는

연애편지

암흑이요, 물 없는 사막이외다' 하며 하소연하는 그런 말도 한 줄 차지했다. 그렇게 해야 더 효과 있게 먹혀들 것 같아서였다. 그 편지 속에는 다음 일요일에 수성천 다리 밑 강가에서 만나자는 구절도 끼어 넣었다.

연애편지의 대필 효과는 성공이었다. 배 하사의 병은 언제 그랬더냐 싶게 말끔하게 치료되었다. 그 편지가 명의였고 명약이었다.

그 두 사람의 다음 행보를 나는 알지 못한다.

그 일이 있고 바로 나는 서울에 있는 국방부 본부 심리전과로 근무처를 옮겼기 때문이었다.

4년 3개월의 군복무 시절

부부동반 첫 설악 등산

내가 30대의 후반, 아이들이 아직 어린 시절이라 잠시 장모 님에게 맡기고 부부가 함께 설악산을 등반한 일이 있었다.

개천절 공휴일을 낀 주말연휴를 국방부에 근무하는 장교들 이 통근버스를 이용해서 단체등산을 한다는 소식을 들었다.

내가 업무 상 국방부에 잠시 나가 있을 때라서 나도 함께 그 대열에 한몫 끼워달라고 부탁했다.

등산이라 하면 물러설 줄 모르는 사람이라 이 천재일우의 기 회를 놓칠 수가 없었던 것이다. 차도 마련되어 있는 데다 아내 에게 설악산을 구경시켜 줄 수 있는 절호의 기회라서 물러설 수가 없는 등산이었다.

그때만 하더라도 가족을 데리고 여행이든, 어디든 나다니는 것을 민망스럽게 여기던 별스런 시절이었다. 그것이 당시의 사회통념이다 보니 남자 장교들만 20여 명이 모였는데, 그 군인 대열에 불청객이었던 나만 부부가 동반하여 빌붙어 나섰다.

서울의 개천절은 청청한 가을 날씨였는데, 설악산 소청봉의 저녁 온도는 한겨울로 뚝 떨어졌다.

봉정암 대피소의 다져진 흙바닥에 군인용 침낭을 깔고 그 속에 파카옷을 입고 털모자를 푹 눌러쓴 채 들어가서 뒤척이다가, 뜬눈으로 날을 새었다.

모두들 석유버너에 불을 붙여 새벽밥을 지어 먹고 대청봉에 올라 동해바다에 이글이글 떠오르는 일출을 보면서 '야호!'를 뱃심 좋게 토해내고 있었다.

천불동 계곡의 바위 틈새마다 매달린 장대고드름 사이사이로 짙게 물든 단풍이 햇살을 받아 꽃보다 더 아름다웠다. 그렇게 아름다운 계곡 산길을 걸음도 가벼이 만추의 풍광을 만끽하며 하산했다.

일행은 신흥사의 경건한 목탁소리를 뒤로하고 속초항을 향했다. 요즘과 달라서 속초항에 횟집이라고는 거의 없어 회를 먹는다는 그

목탁 (저자의 작품)

런 계획은 애초부터 들어 있지 않았다.

　다만 길거리 양쪽에 즐비한 건어물 가게가 성업 중이었을 뿐
이라서, 각자는 필요한 건어물을 두 손 가득히 사 들고 차에 오
른다.

　우리도 예외는 아니었다. 다소 무겁더라도 차편도 좋고 해서
주머니를 톡톡 다 털어 두고두고 먹을거리와 처갓집에 줄 선물
까지 푸짐하게 사 들고 차에 올라탔다.

　설악산 등산에 우리는 그렇게 행복에 젖었다.

新興寺殿庭 신흥사전정
신흥사의 대웅전 뜰

秋蟬爭噪嘶酸拂 추선쟁조시산불
木鐸敬虔午梵聲 목탁경건오범성

시끌한 가을 매미소린 슬픈 사연 떨침인가
낮 예불의 목탁소린 경건하게 들려오건만.

의상대의 눈물

남들의 등산여행에 빌붙었어도 행복감은 충만했다.

그런데 서울로 직행하는 줄로만 알았던 차가 낙산사에 들렀다가 해안가 선착장에서 배를 타고 선유놀이를 하자는 것이었다.

우리 부부는 당황했다. 주머니 속엔 먼지만 있을 따름이어서 아내에게 슬며시 물었다. "여보! 돈 좀 남아 있어요?" 혹시나 해서 물어봤더니 "없는데…." 하는 반사적인 대답이 나온다.

있는 돈을 남김없이 다 털어 써버렸던 것이 돌이킬 수 없는 실수였다는 것을 뒤늦게야 후회했지만, 이미 때는 늦었다.

하릴없이 일행에게 "우리는 다른 구경 좀 하고 올게요." 하고 풀이 죽어 슬그머니 돌아섰다. 남에게 아쉬운 소릴 못하고 폐를 끼치는 일을 더욱 못하는 것이 타고난 우리 가문의 성품이다.

걸터앉을 자리도 없는 낙산사 전정(殿庭)에만 한없이 기다리고 서있을 수도 없고, 또한 아내에게 다소나마 위로가 될까 싶어서 넉살 좋게 "우린 의상대로 올라갑시다." 하고 서서히 올라갔다.

유일한 대피처 의상대

의상대는 낙산사와 더불어 관동팔경(關東八景)의 제일 경이라고 하는 명승지다.

제아무리 제일 명승지라고는 하나 아내의 가슴속에 그 명승지가 명승지로 보일 리가 없었을 터이고, 지척에 내려다보이는 그림 같은 홍련암은 아무 절간에나 다 있는 자그마한 암자에 불과했을 것이었다.

군인들 일행이 선착장에서 배를 타려고 웅성웅성하는 그런 모습만이 아내의 가슴을 찢어놓고 있었다.

위로의 말이 무슨 소용이 있으랴. 남편에 대한 원망과 노여움과 슬픈 감정 말고는 아무것도 보이는 것도 느끼는 것도 없이 한숨만 내뱉는다.

나는 이 험악한 재앙을 어떻게 수습할까 걱정하고 있었는데 참다 참다 더 이상 참기엔 한계가 드러났는지 깊이 멍든 가슴을 억제할 수 없어 드디어 "아!" 하고 목이 터지면서 그만 울컥 눈시울이 젖는다. 그러더니 금방 소낙비가 지나간 초가지붕에

의상대의 앞바다

서 떨어지는 낙숫물처럼 줄줄이 눈물이 하염없다.

'남들은 남자들끼리만 나서는 등산에 무슨 대단한 생색이라도 내는 것처럼 데리고 나와서 이게 무슨 꼴이란 말인가' 하고 뉘우쳐 봐도 대책이 있는 것도 아니었다.

그때만 해도 아이들 거느리고 사랑이 꿀 같았는데 사랑하는 아내를 달랠 방법이 바이없었다. 궁여지책으로 시청 앞 집합 장소에서부터 집으로 돌아갈 한밤중의 택시값을 털기로 작정했다. 택시값을 수유동 집에 가서 치룰 생각에서였다.

간직해 두었던 택시값을 털어 손에 꽉 쥐고 바닷가의 선착장으로 내려갔다.

그 마지막 돈을 툭툭 털어서 2인승 보트값을 사정사정 반으로 에누리하여 올라타고 드넓은 동해바다를 하얀 거품을 토해내며 휘저어 나아갔다. 아내의 머리카락이 바닷바람을 타고 나팔거렸다.

일행이 탄 큰 배 옆을 지나면서 손을 흔드는 여유도 생겼다. 남의 속도 모르는 일행은 오히려 부럽다는 듯이 "와! 와!" 하며 환성소리가 요란했다.

아내는 그것으로 만족했고, 무어라 형언할 수 없을 만큼의 행복감이 역력히 드러나 보였다.

그렇게 잘 넘겼는데, 또 문제가 생기고 말았다.

그냥 서울로 직행했으면 오죽이나 좋으랴만, 이번에는 춘천 공지천 커피숍에 내린다. 에티오피아의 하일리 슬라세 황제가 직접 보낸다고 하는 유명한 에티오피아 원산지 커피를 마시고 가야 한다는 것이었다. 이거야말로 벼락 맞은 것 같은 큰 충격이 아닐 수가 없었다. 또다시 극심한 곤경에 처해졌다.

'이거 어쩌지? 커피 딱 두 잔이라지만 얻어먹을 수도 없고, 그렇다고 외상 달라고 할 수도 없는 노릇이었다.

"사방이 다 휑하니 노출되어 있는데 어쩌면 좋지?" 그렇게 귓속말로 걱정하다가 "저 사람들과 함께 들어가서 앉으면 누군가가 커피값은 내 주겠지 뭐." 그런 말을 하다가 "아니야, 난 못 하겠어." 하고 포기해 버렸다.

그렇다고 빈 버스에 올라탈 수도 없었다. 운전병마저도 에티오피아 원산지 커피를 맛보려고 함께 들어갔고, 차문을 걸어 잠근 상태였다.

고개를 두리번거리며 찾아보아도 우리 부부가 숨을 만한 곳은 아무데도 없었다. 그러다가 문득 공지천 둑길에 눈이 멎었다. "여보, 잘 됐어! 저 둑 아랫길을 산책하고 있으면 핑계거리로 안성맞춤이야." 나는 아내의 눈치를 슬금슬금 살피면서 이 황당한 현실을 외면하려고 애를 썼다.

터널도 없는 그 당시의 구불구불한 귀가길, 차창 밖이 자연그대로인 아름다운 전야(田野)의 가을 풍경이 아내의 눈에 들어올 리가 만무하였다. 아내는 애써 두 눈을 꾹 감고 한마디 말도 없었다.

공지천의 에티오피아 커피숍

落淚義湘臺 낙루의상대
의상대의 눈물

昨緣追景名山索 작연추경명산색
時好深楓最賞耽 시호심풍최상탐
齊進船遊囊不許 제진선유낭불허
愛妻落淚憫無堪 애처낙루민무감

어제 맺은 인연 따라 명산 구경 나섰다가
시절이 알맞아 짙은 단풍 흡족히 즐기고선
다들 뱃놀이에 나서건만 나에겐 텅 빈 주머니뿐
뚝뚝 눈물짓는 애처를 민망하여 감당 못했네.

태산이 높다 하되

지구 속 깊숙이 들어있는 마그마가 지각을 뚫고 분출하는 것을 비롯해서 지상에 있는 모든 생물이 빛을 찾아 위로 뻗어 올라가려는 현상은 지극히 자연스런 본능이다.

어린아이가 자유로이 기어 다닐 무렵부터 어디엔가 오르려고 한다. 의자에 오르고, 창틀에도 기어오른다. 높은 아파트 창틀에 올랐다가 아파트 바깥 바닥에 떨어지는 일도 뉴스를 통해 비일비재로 들어보았다.

성장하면서부터 남보다 높은 자리에 오르려고 가진 수단과 방법을 다한다. 크게는 대통령이 되려고 하고, 국회에 가려고 하고, 회장이니 사장이 되려고 노력한다. 그것이 인간의 본성이다.

올림픽에서 금메달을 따면 시상대의 맨 가운데 자리에 우뚝 세운다. 자국의 국기가 게양되고, 국가가 연주된다. 그리고 영

웅으로 각광 받는다. 세상을 놀라게 할 만한 음악가도, 예술가
도, 건축가도 다 그렇다.

〈기생충〉이라는 영화가 아카데미상 4관왕에 올랐다. 그것
을 미국 대통령 트럼프란 사람은 "그런 하찮은 영화에 상이 과
하다."고 질투했다. 그런 질투가 차기 대통령이 되는 지름길이
라고 여긴 모양이다.

세계를 지배하려는 미국 대통령의 그 높은 명성에도, 그의
덩치에도 참으로 어울리지 않게 치졸할 뿐더러, 그 사람의 저
울추에 문제가 있지 않은지 의심스럽다 아니할 수가 없다.

세상을 떠들썩하게 큰 업적을 이룩한 사람들은 누구보다 기
발한 발상의 전환과 한결같은 노력을 기울인 사람들이다. 물론
예외적으로 선천적인 소질을 지닌 사람도 많이 있기는 하다.

나는 지금까지도 다소 어렵겠다 싶은 일은 남들에게 미리 떠
벌인다. 그것은 나 자신과 타인과의 약속으로 맺어놓기 위해
서고, 그래야 의무 같은 관계로 이루어져 포기할 수가 없게 되
기 때문이다.

앞으로 대통령이 되려는 사람이나 장기간 국회에 머물러 있
으려는 사람들은 걸핏하면 쓰러지기 직전까지 밥을 굶으며 노
력의 한계를 시험한다.

그런 정도의 노력에 비하면 내가 한다고 자처하는 노력은 새

발의 피 정도에도 미치지 못할 것 같다.

　　태산이 높다 하되 하늘 아래 뫼이로다
　　오르고 또 오르면 못 오를 리 없건만은
　　사람이 제 아니 오르고 뫼만 높다 하더라.

　　조선 4대 명필가 양사언(楊士彦)의 시조이다.

백두산 천지 폭포

산길 만리 🌿

북한산 백운대 정상의 뜀바위
(당시에는 철다리가 없었다)

내가 어릴 적에 태조 이성계가 무술을 연마하였다는 함흥의 반룡산을 자주 올랐다. 그리고 17세 나이에 함흥 남녘의 해발 천미터의 백운산도 올랐다.

내 나이 19세 때였다. 북한산 정상 백운대를 신사복 차림에 중절모자를 눌러 쓰고, 구두 뒤창에 말발굽에 징을 박듯 철징을 박은 신사구두를 신고 아찔한 뜀바위를 건너뛰기도 했다. (철과 돌이 부딪치면 불꽃이 일며 미끄러져 상당한 조심이 필요하다)

이처럼 어린 시절부터 내 안에는 항상 산이 있었고, 정상에

금강산 구룡폭포 위에 있는 상팔담

서 '야호!'를 외친 것이 궁반백산(躬攀百山)으로 102개의 산에 이른다.

북한산, 도봉산, 관악산은 내 집 앞마당에 쌓아올린 석가산에 오르듯이 시도 때도 없이 올라 다녔고, 한라산, 백두산, 금강산, 지리산 등 크고 작은 산 정상을 두루 다 섭렵했다.

1980년대의 소백산 정상에는 광활하게 자생한 천년된 주목 수백 그루가 단지를 이루어 붉은 배를 드러내고 질서 없이 어수선하게 꽉 들어차 있었다.

주목은 살아서 천년, 죽어서 천년이라고 했다.

천년을 지탱해온 나무라서 굵고 작은 가지가 풍우의 시달림을 이겨내지 못하여 꺾어져 부지기수로 바닥에 드러누웠는가 하면, 쓰러져 메마른 나무에서 다시 새싹이 돋아 가지를 뻗어 자라고 있었다. 마치 붉은 배를 드러낸 도깨비 소굴처럼 머리카락이 곤두설 듯 험상궂고 두려운 모습의 주목단지였다.

남다른 용기가 없이 혼자 들어간다는 것은 정말로 싫은 곳이었다. 어둡고 음습한 나무숲 사이로 무엇인가 금방 튀어나올 것 같아 섬쩍지근하기는 하지만, 그러므로 더욱 호기심을 유발하는 곳이다.

　　당시에는 철망도 치지 않았던 시절이라 단지 안의 입출이 자유로워서 시간과 용기만 있으면 누구나 다 둘러볼 수가 있었다.

금강산 만물상

小白山朱木團地

소백산 주목단지

山頂幽冥怪樹充 산정유명괴수충
千年忍苦欲無窮 천년인고욕무궁
紫林到處隨陰鬼 자림도처수음귀
闇路流雲緩溟穹 염로유운완명궁

산마루에 깊숙이 괴이한 하많은 나무숲
천년의 인고에도 끝없는 삶 이루고자
붉은 숲 여기저기 도깨비가 따르는
저승구름 느릿느릿 어둔 하늘에 흐른다.

−1982년 5월, 壬戌孟夏

내 산행은 암벽을 타자는 것도 아니고, 히말라야의 설산을 오르내리려는 것도 아니다. 그저 편안히 등산을 할 수 있을 때까지 산세에 호흡을 맞추며 즐기려는 것이다.

詩興 (저자의 작품)

나는 산에 오를 때마다 한시(漢詩)를 지을 문자를 머릿속에 새겨보는 것을 취미로 여겨왔다.

산이란 계절에 따라 경색이 다르고, 시간에 따라 느낌이 다르다. 그것을 격에 맞추어 꾸며서 한시 한 수씩을 더듬더듬 지어보는 산행이 이미 내 몸에 배어 있었다. 그런 일도 고려해서인지, 누구와 함께 다니는 산행보다 혼자 다니는 산행을 더 좋아한다.

산이 좋기는 하지만 딱히 내가 갈 만한 산이 마땅치가 않다. 불과 얼마 전까지만 하더라도 발가락 사이에서 고릿한 땀이 축축이 젖은 채 한없이 걷고 또 걷던 산길이건마는 어느새 늙다리가 되고 보니 다리에 힘이 빠지고 파근하여 망설망설 선뜻 나설 만한 산이 없어졌다.

지리산 천왕봉의 일출과 장엄한 운해

치악산의 가을 풍광

그러던 중 문득 떠오른 산이 치악산이었다.

치악산은 한참 나이에 여러번 올랐던 산이다. 산이 높아 산세가 웅장하고, 계곡이 깊어 공기가 더없이 맑고 싱그러운 산이다.

정상을 목표 삼고 옛날처럼 사다리 병창을 네발로 기어올라 야호를 외치자는 것이 아니라, 그저 주차장에서 세렴폭포까지의 평탄한 길을 왕복해도 만족할 수 있는 산행 거리라서 그렇다.

쓰러진 이끼 낀 통나무에 다람쥐가 건너뛰는 길을, 솔바람이 그윽이 묻어오는 숲속을 한가히 오르내리면서 깊은 산에서 풍기는 신선한 공기를 쏘이면, 정신적 해방 효과로도 더 이상 흡족할 수가 없는, 그런 산이기에 내게 딱 맞는 산행길이다.

다람쥐

치악산은 2,3백 년 된 금강송이 붉은 비늘껍질을 드러내고 밀생되어 있는 데다가 단풍잎을 띄워 보내는 맑은 물소리로 청량하여 경관도 비할 데 없이 좋은 산이다.

　그래서 내가 살아있는 동안 한 달에 두서너 번은 가까이 하고 싶다는 생각을 지금도 굳히고 있다.

　2,30년 전 치악산 정상에서 두 팔을 벌려 야호를 외쳤던 때를 상기하며 지은 시가 생각나서 한 수 적는다.

晚秋雉岳山頂 만추치악산정

늦가을의 치악산 정상

霧秋峻峭登攀棧　무추준초등반잔
積石塔成且自矜　적석탑성차자긍
雉雛終之因衆喊　치구종지인중함
鼪兒走止盥奔乘　종아주지관분승

구름안개 서린 험산을 사다리로 올랐더니
쌓아 세운 돌탑이 저 잘났다 앞서 있네
꿩 울음 멈춰진 건 떠드는 사람들 때문?
다람쥐가 멈춰 서서 얼굴 씻고 바삐 오른다.

-1985년 10월, 만추

선과 악은 공존하는가?

맹자는 성선설(性善說)을 주창했고, 순자는 성악설(性惡說)을 제창했다. 전자는 사람의 본성은 착하다 하였고, 후자는 사람의 본성은 이기적이며 악하다고 하였다.

이 두 현인이 무엇에 주안점을 두었는지, 무엇에 집착하고 깊이 관찰했기에 그런 단정을 내렸는지, 나는 학설 연구가 없어 그 깊은 뜻을 헤아릴 수가 없다. 따라서 이 두 설을 어느 쪽을 딱 집어서 옳다 그르다로 가름하기는 더욱더 어렵다.

아기가 잠결에 웃어 보이기도 하고, 사람의 눈을 맞추며 생글생글 웃기도 한다. 그런 선천적인 모습을 보면 성선설이 맞을 것 같고, 아기가 아무 이유도 악의도 없이 상대방 아이를 힘주어 꼬집거나 물거나 하는 행동이 나타나는 것을 보면, 분명 성악설이 맞을 것 같기도 하다.

선악은 세상 살아가는 과정에서 자기생존을 위한 본성의 발현이라 할 수가 없을 것이다. 그러니 선과 악을 굳이 미리부터 구별하여 좋다 나쁘다로 단정지을 수가 없을 것 같다. 그러므로 선과 악이 한 몸 안에 동일체로 공존한다는 결론이 나온다.

선이니 악이니 하는 것은, 다만 자기 자신이 처해 있는 입지에서 어떤 상대자가 존재할 때에 비로소 이익의 상태에 따라 이해관계가 성립되어 선과 악이 가려진다. 그것은 유아기부터 늙어서 쇠퇴할 때까지 의식이 있는 동안 이어진다.

자기가 혼자 자기 방에서 저지른 악행을 저 스스로 쾌재를 부르거나 뉘우치고 슬퍼하거나 해도, 어느 누구도 시비할 거리가 못된다. 따라서 인간사회에 미치는 영향도 별로 없을 것이다.

윤리도덕 상 지켜야 할 상도(常道)에 어긋나면 분명 악이요, 지켜야 할 규범에 어긋나면 그것 또한 악이다. 지켜야 할 법이나 상도를 크게 벗어나는 것은 아니라 하더라도 상대방의 감정을 심하리만큼 상하게 하여 괴롭힌다면, 그것 또한 틀림없는 악이다.

현행법은 뇌를 앓은 병력이 있거나 술에 취한 사람이 저지른 죄는 '죄의식이 희박한 심신미약 상태에서 저지른 사건'이라 하여 그 죄값을 감해 준다. 피해자의 곤욕을 고려치 않는 그런 법에 나는 동감하지 않는다. 그래서 그런 판결을 내려야 하는

법을 나무라고 싶다.

술을 먹고 사회질서를 어지럽힐 가능성이 있는 사람은 애초에 술을 삼가서 먹지 말게 해야 한다. 술을 먹고 주정 삼아 함부로 죄를 저지른 사람을 그냥 방치하면 사회에 끼치는 악행이 줄어들 수가 없을 것이고, 오히려 재범의 우려가 다분할 것이 자명하기 때문이다.

알고 저지른 죄는 죄책감이라도 가지겠지만, 모르고 저지른 죄는 죄의식이 희박하므로 또 다시 거듭할 우려가 다분하여 더욱 무섭다.

마약이 사회를 어지럽히므로 나라가 나서서 단속하는 것도, 음주운전을 엄히 단속하는 것도 그러한 맥락에서다.

상대를 괴롭히기 위해 고의적으로 악을 저지르는 사람은 회유와 설득과 교육 등으로 어느 정도 고칠 수가 있다. 그래서 그런 사람을 교도한다는 의미에서 일정 기간 사회와 격리시켜 올곧게 가르치기도 한다.

그러나 자기가 하는 일을 전혀 느끼지 못하고, 누구에겐가 올곧지 못한 행위를 자행하는 무신경한 사람에게는 어느 법조문에도 저촉되는 바 없으므로, 이러지도 저러지도 못하고 대책 없이 그냥 당하고 있어야만 한다.

그런 사람은 상대방의 기분 같은 것은 털끝만큼도 생각하려

하지 않는다. 아니, 생각할 필요를 전혀 느끼지 못한다. 그러니 선과 악의 불편한 관계를 깨닫지 못하고 그냥 일상처럼 자행하는 것이다.

그것이 타고난 성품이라면 차라리 그런 사람과 거리를 두는 것이 최선의 방법이겠으나, 공동사회에 사는 인간관계를 생각하여 그렇지 못할 처지라면 그것 또한 딱하고 슬픈 노릇이라 아니할 수가 없다.

〈탈무드〉에 이런 말이 있다. "지구의 대 홍수 때 노아의 방주를 타려고 선(善)이 달려왔다. 그러나 노아는 짝이 없는 자는 태워주지 않는다고 했다. 선은 할 수 없이 악(惡)을 짝으로 데려왔다. 이때부터 선이 있는 곳에는 언제나 악이 있게 되었다."고.

만약에 평생의 인연으로도 선악의 구별을 깨닫지 못하는 무신경한 자에게 방주에 함께 탈 상대자를 데려오라고 한다면, 숙고할 필요도 없이 지금껏 괴롭혀온 자를 억지로 데리고 가서 노아에게 배에 태워달라고 했을 것이다. 그 상대자가 자폐에 가까운 외로움과 괴로움에 시달리면서도 참고 살아왔다는 사실 같은 것은 전혀 느낄 필요 없이….

老恨欲啼 노한욕제
한 맺힌 노인의 "아 울고 싶어라"

人生恨恨噫深癖 인생한한희심벽
身命傍傍罪業環 신명방방죄업환
秋冷雨聲尤愀愴 추냉우성우추창
欲啼已久淚痕班 욕제이구누흔반

한 맺힌 인생에 한숨은 버릇처럼 깊어지고
모진 목숨 피할 수 없는 죄업의 둘레에서
차가운 가을 빗소리에 마음 더욱 쓰라려
울고 싶은 눈물은 하마나 자국져 있네.

안개 속의 강줄기

고된 길 ✿

"당신은 다음 생에 지금의 짝과 다시 살겠습니까?" 하고 물으면 대부분의 남자들은 "아, 그럼요." 한다는데, 여자들은 그 반대로 "내가 미쳤어? 한번 살아줬으면 됐지." 라고 한단다. 내 경우도 다르지 않다.

그런 생각을 하는 여자들에게 먼발치에 보이는 남자는 다 좋고 멋있는 남자로 보이기 때문인 것 같다.

잔디밭이 멀리서 보면 시원스럽고 감탄할 정도로 아름답게 보여도, 가까이서 보면 잡초도 흙도 드러나서 볼품조차 없어 보인다. 그런 원리를 '내가 미쳤어?' 하는 여자도 아는지 모르는지?

그러니 남자들은 그동안 사랑한 아내의 겉모습만 보고 살아온 셈이니, 참말로 억울하고 섭섭하고 야속하지 않을 수가 없을 것이다.

부부가 살다 보면 서로 간에 흠결이야 어찌 없을까마는, 아무튼 이렇게 상반되는 성품의 사람과 한평생을 함께 살아야 하는 운명이라면 어쩌랴? 그것도 인연이라 여기고 하늘의 뜻으로 좋이 받아들여야 할 것 같다.

　어느 한쪽이랄 것도 없이 당하고만 있는 쪽은 참고 참다가 결국 '가화만사성'(家和萬事成)이라는 훈사(訓辭)만 그리워하다가 "내 팔자는 개 팔자다." 하고 하늘에 대고 외쳐 치부해 버리면 다소 후련해지리라.

　천생연분이니 행복이니 하는 것은 서로 간의 화평한 마음가짐에서 우러나오는 사랑과 인내심에서만 성립될 수 있다는 것을 스스로 깨닫고 그럭저럭 산다면, 천생연분까지는 못되더라도 그런대로 금슬지락(琴瑟之樂)이라 할 수는 있을 것 같다.

　갈등은 인내심과 동정심으로 대부분 해결이 된다는 것을 마음에 새겨보면서.

苦路 고로

고된 길

强頑性癖胎中作 강완성벽태중작
放棄孤留朔望便 방기고류삭망편
勿慾望祥期待外 물욕망상기대외
箴言獨幕累云先 잠언독막루운선

완강한 성품이 태중 버릇이라면
얼마간의 편안만이라도 바라오만은
행복일랑 아예 바라지도 마세나, 기대 밖이려니
잠언에 홀로 움막에 살라고 거듭거듭 일렀더니라.

홍매화의 추억 ✿

　양평의 두메 산자락에 작은 전원주택을 지어 정자 짓고, 정원에 행복을 꾸며 즐겨 살던 시절이 있었다.

　2009년 3월 26일―
　때가 봄이라지만 아직도 알싸한 날씨의 이른 아침에 집 앞 정원이며 아랫마을에 짙은 안개가 끼어 자욱하더니, 별안간 하늘이 조화를 부려 안개가 짙어지면서 구름으로 무겁게 변하더니 함박눈을 소나기처럼 한껏 퍼붓는다.
　집 뜰이며 앞마을 전원이며 할 것 없이 금세 한겨울의 벌판마을처럼 눈 속에 묻혀버린다. 그러더니 이번에는 태양의 나른한 봄볕 햇살이 흰 눈 위로 쏟아 부어, 눈이 부시도록 반사하게 조화를 부린다.
　봄바람도 쉬는 정원수의 앙상한 나뭇가지에 하얀 눈꽃이 쌓여 물오른 가지마다 다발진 눈덩이 무게를 이기지 못해 축축 늘어지고, 창 앞에 홀로 서있는 홍매화 나무에도 눈부신 흰 눈이 소복소복 덮씌웠다.

그 사이로 핏빛보다 더 짙은 홍매화 꽃이 방긋거리며 그윽한 향기를 내뿜고 있었다.

순백의 눈 속에 원색의 조화를 이룬 곱디고운 꽃송이가 송이송이 가지 끝 여기저기에 삐죽삐죽 내밀고 보아달라는 듯이 앙증스러웠다.

솜사탕 같은 순백의 털모자를 폭 눌러 쓴 그 속에서 젖먹이 아기가 침에 젖은 촉촉한 붉은 입술을 벌려 방글방글 웃음 짓는 그런 모습을 보는 것 같았다.

정원의 눈 쌓인 수많은 앙상한 나뭇가지에 앉아 초롱초롱한 눈으로 구경에 몰두하는 들새들의 지저귐마저도 청아한 노랫소리로 들려왔다.

이 순간의 정경을 시간이 정지되어 이냥 이대로 오랫동안 남았으면 하는 생각도 순간 스친다.

이것이 설매(雪梅)의 보석이라 할 수 있는 설홍매(雪紅梅) 바로 그것이었다.

나는 아침밥 짓고 있는 주방의 아내를 다급히 불러냈다. "여보, 얼른 나와 봐요!", "아, 얼른 나와 보라니깐." 지금 이 순간이 아니면 영원히 볼 수 없을 귀하디귀한 설기홍옥골(雪肌紅玉骨)

을 아내와 함께 가슴속에 영원히 간직해 두려는 마음에서였다.

　올해도 그 시기에 이르고 보니, 십여년 전의 전원생활에서
볼 수 있었던 눈 속 홍매화의 기이한 관경이 새삼 그리워진다.
　마치 신화 속의 어느 요정의 분신처럼 유별나게 아름다워 나
의 가슴속에 오래도록 머물러 있게 한 그때의 그 짙은 홍매화.
　백설 속에서 방글 웃던 홍매화의 옛 추억이 새삼 떠올라 더듬
어 보았다.

홍매화(청향 배영미 作)

肇春雪紅梅 조춘설홍매

이른 봄날의 눈 덮인 홍매화

滿庭晨霧更佯散　만정신무갱양산
農墅田園乍啓般　농서전원사계반
天忽雪花雰驟展　천홀설화분취전
地吞靜皓蓋悠安　지탄정호개유안
階傍裸白梅馨惑　계방나백매형혹
衫袖眞紅繡幻歎　삼수진홍수환탄
野雀欲棲敢不近　야작욕서감불근
空亭檐樂唱啁觀　공정첨락창주관

새벽 뜰에 가득 찼던 안개가 거짓처럼 흩어지고
전원은 잠시 여느 날과 같더니만
홀연히 하늘 열려 세찬 꽃눈 흩날려 펼치더니
땅을 삼켜 고요한 순백으로 아득히 덮씌우누나
계단 가의 새하얀 매화 가지에 유혹하는 짙은 향
하얀 소매의 진홍빛 자수에 홀려든 듯한 감탄
들새들이 깃들려다 차마 되돌아가선
빈 정자 처마에서 즐거이 노래로 바라보네.

꽃 위를 남실대는 꿀벌들의 찬미

2

매화축제와 거실의 남창

　이른봄의 3월 상순이면 광양의 산야 일대에 매화꽃이 탐스럽
단다. 그래서 광양에서는 해마다 3월 초순부터 중순에 이르기
까지의 기간에 외지에서 관광객을 불러 모아 매화 축제를 연다.
　매화는 겨울을 나고 제일 먼저 피는 꽃인 데다가 향기가 특이
하게 짙어 관광객에게 각광 받는 꽃이다.
　그러니만큼 매화 축제는 분명 매화꽃을 눈으로 즐겨보며 특
이한 꽃향기까지 그윽이 즐기라고 마련한 축제장이다. 그렇기
는 하지만 광양의 매화밭에 만개한 매화꽃은 벚꽃처럼 꽃만을
보기 위한 관상수가 아니다.
　따라서 벚꽃이나 살구꽃처럼 꽃은 그렇게 화려하지도 않을
뿐더러, 어디까지나 열매를 얻고자 하는 과실수에 불과할 뿐
이다.
　내가 살고 있는 아파트의 동창 앞에 낙락장송이 숲을 이루

고, 그 밑에 산수유가 노랗게 꽃을 피운다. 거실에 나가면 남창 앞 벚나무 그늘에 매화나무 세 그루가 얽어 섞여있고 모과나무 까지 심어져 있는데, 이 나무들은 아파트 주민을 위한 관상용 정원수로 그 사명을 다하고 있다.

봄바람이 가볍게 부는 햇볕 좋은 날에 창문을 활짝 열고 맑은 공기를 쏘일라치면, 이어 묻어오는 향이 매화꽃 향이다. 그런 며칠을 보내고 나면 벚꽃이 피고, 한참 뒤에 모과나무 꽃이 성글게 핀다.

내 집이 2층이다 보니, 나무숲이 우거진 속의 그윽한 산장에 사는 듯 신록에 싸여 다른 층에 사는 사람들에게 미안한 마음 이 들 정도로 행복을 느끼며 살고 있다.

그런데 매실이나 모과가 익어갈 때가 문제다.

열매도 분명 관상용이다. 노랗게 익어가는 탐스런 열매를 바라보면 마음까지 풍요로울 텐데, 그것을 참지 못하고 어느새 몽땅 다 따간다.

아마도 매실청이나 매실식초 등을 담그려고 푸른 매실이 노랗게 물들기 전에 때를 맞추어서 따 가는 모양이다. 그뿐이 아니다. 노랗게 매달린 모과조차 어느 틈에 다 따가고 없어진다. 매우 허전하고, 서운하고, 유감스럽지 않을 수가 없다.

벌써 몇 년째 광양에 가서 매화꽃의 짙은 향을 실컷 즐겨보려는 생각에 벼르고 있었는데, 잠깐 지나가는 그 시기를 해마다 놓쳐 실패를 거듭했었다.

　그러다가 금년에는 처음이자 마지막으로 꼭 한번 축제에 나도 함께 동참해 보려고 때만 기다리고 있었더니만, '코로나19'라는 유래 없이 무서운 병이 창궐하는 바람에 또 나설 수가 없게 되었다.

　이제 내게 광양매화축제는 영영 가버리고 말았다.

아파트 거실 남창의 매화

두메마을 주민계몽 13년

- 광탄리를 서예마을로 -

　어느새 23년의 긴 세월이 흘렀다.

　양평군 용문면 광탄리에 나만의 보금자리를 틀고 살기 시작한 것이, 내 나이 70세가 될 한 해 전이었다.

　나는 지난날의 기나긴 세월을 음악조차도 슬픈 곡을 선호할 정도의 외로움과 고통 속에 꼬이고 꼬이며 살아왔다.

　그런 저런 불운을 툭툭 털어내고 늦게나마 새로운 삶을 살고 싶어 찾아간 곳이 광탄리라는 오지 두메마을이었다.

　나는 그곳을 새로운 고향이라고 마음에 다지며 죽을 때까지 살고 싶었고, 정원에 심어놓은 관상수 밑에 수목장 할 것까지도 마음속에 담고 있었다.

　그런 다짐으로 그곳에서 새로운 문화를 창조할 수 있는 그 무엇인가를 향해 한껏 날개를 펴 노년의 마지막을 그곳 주민들을 앞세워 뜻있게 보내고 싶었다.

그렇다고 무슨 원대한 꿈을 이루자는 것도 아니었고, 특별히 무슨 빛을 내자는 것도 아니었다. 다만 마을 사람들과 섞이어 그들 간의 일상에 함께 동화하면서 주민에게 유익한 무엇인가를 찾아 도움을 주고 싶다는 생각이 내 안에서 끊임없이 자극하고 충동질하고 있었을 뿐이었다.

그때까지만 하더라도 늙었다고 하기에는 의욕도 힘도 넘쳤다. 그야말로 연부역강(年富力强)한 나이였다.

당시에 내게 남은 것이라고는 서예와 서각 재주, 그것이 전부였다. 두메 구석에서 내가 할 수 있는 일 역시 그것 말고는 달리 할 거리가 없었다.

"아이구! 우리가 어떻게 그런 걸 해요. 아이유, 우린 못해요." 하는 마을 노인들을 구슬러 반강제로 붓을 들게 하였다.

광탄서예교실의 초창기 수업장면

그리고 초등학교를 찾아가서 교장을 설득하여 학생을 모았다.

그렇게 시작한 서예교실에 농민과 주부들이 시간을 쪼개어 앞을 다투어 찾아왔고, 글씨는 일취월장하여 서울의 각종 서예대회에서 높은 상도 숱하게 받아 왔다.

서울의 내로라 하는 서예학원에 못지 않게 잘 나가다 보니, 애로사항이 생겼다. 서예를 배우고자 하는 인원은 늘어나는데, 서예교실이 너무 비좁았다. 글씨를 쓰고 있는 사람을 옆에 서서 기다리고 있어야 하는 현상까지 벌어졌다.

하릴없이 양평군청으로 군수를 찾아가서 농촌계몽의 당위성을 토로했다. 그랬더니 군수는 "지역주민을 위해 이런 훌륭한 일을 하시는데 도와드려야지요." 하고 흔쾌히 받아들였다.

1998년 4월, 양평 민병채 군수는 선뜻 나서서 서예교실을 확장해 주었다. 흙바닥을 시멘트로 깔고, 거푸집탁자를 새 탁자로 짜주었다. 바람 따라 덜컹거리는 창문도 고쳐주었다.

면장은 마을 어귀에 '먹 향기 그윽한 마을 광탄'이라는 마을 표지석을 두 군데에 우뚝 세워 주었다.

농촌마을에서 농번기를 제외한 나머지 시간은 대개 허송하는 것이 일상이었다. 기껏해야 백원짜리 고스톱

마을 표지석(먹 향기 그윽한 마을 광탄)

이다. 그것은 농촌 발전의 저해 요인이요, 동시에 사람들의 정신을 위축시키는 문화의 퇴보다. 그래서 나는 주민들의 여유시간을 책을 읽게 하고 싶었다.

서울에서 2천 권이 넘는 책을 동생 '소올'에게 부탁하여 차로 싣고 왔다. 내가 가지고 있는 책 3, 4백 권도 보탰다. 그 책을 꽂을 서가를 또 군수에게 부탁하여 좁은 공간을 확장하여 꾸며 놓았다. 이렇게 하여 마을 도서실을 겸한 광탄서예교실로 어엿하게 탈바꿈이 되었다.

문화탐방(속리산 등산)

나는 그것으로 그치지 않았다.

문화계몽의 일환으로 마을 사람들을 설득하여 내가 자주 다니던 설악산, 속리산 등 이름 있는 여러 산을 두루 찾아 관광을 겸한 명산 등산도 함께 계획했다.

이제 광탄리는 전과 달리 문화를 즐길 줄 아는 마을로 변모하였고, 촌민들의 용모가 문화인의 용모로 확연히 바뀌어졌다.

'성과급'이란 말을 많이 들어왔다. 기대 이상의 성과를 거두었을 때에 주는 반대급부를 말함이다. 움직이지 않으면 거두어들일 성과가 없다는 것을 체험으로 다시금 깨달았다.

13년 동안의 나의 희생적 봉사는 컸다. 광탄 마을엔 집집마다 자기 자신이 손수 쓴 가훈이 걸렸고, 사람들의 사고가 확연히 달라졌고, 정서가 달라졌다.

이와 같은 경험은 내 생전 처음 겪는 뿌듯함이었고 희열이었다. 무릇 즐거움에는 단순한 오락적인 즐거움이 있고, 마음속에서 우러나오는 참 즐거움이 있다. 나는 참 즐거움을 그들과 격의 없이 나누며 만끽했다.

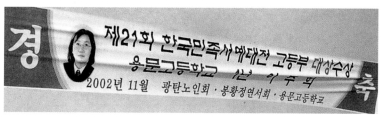

학생부 서예대전 고등부대상 수상자 이주희 양

寒村啓蒙 한촌계몽

한촌을 계몽하다

耕稼寸閑勤勉學 경가촌한근면학
筆名驚世變明賢 필명경세변명현
啓蒙老少學先導 계몽노소학선도
日就月將德氣遷 일취월장덕기천

농삿일 틈새시간 글공부에 열중터니
세상이 놀란 명필이 되어 밝게 변했고
계몽으로 노소를 함께하여 앞장서 이끌어
일취월장 덕기가 서리게 바꾸어 놓았다오.

꿈의 예지
– 꿈에 도인의 경배를 받다 –

　꿈이란 자기 자신의 어떤 관심사가 무의식 중에 떠오르는 현상이고, 때로는 미래에 일어날 일을 판단하고 예지하는 잠재의식을 표현해 주기도 한다.

　금방 잊어버리는 꿈은 개꿈이라 하여 그냥 지나쳐버리고 말지만, 앞으로 일어날 일을 미리 알려주는 예지의 꿈도 드물게는 있다. 그게 과연 가능한 일인가 하고 의심할 것이나 그것이 사실이었고, 우연인지 나도 직접 체험한 바 있었다.

　나의 육촌누이가 공군에서 여군으로 복무하고 있을 때였다. 하루는 그 누이가 꿈에 나타나서 "야, 재석아! 나 오늘 너의 집에 갈건데 어디 가지 말고 기다리고 있어, 어….." 하고 다른 말은 별로 없이 사라졌다. 나는 그냥 개꿈 정도로 여기고 잊어버리고 있었다.

　늦잠 잔 아침, 앞마당에서 세수하고 있는데 그 누이가 군복

차림으로 집으로 들어오면서 "작은 엄마!" 하면서 훌쩍훌쩍 눈물을 흘린다. 주말휴가를 냈다가 6·25전쟁이 터지는 바람에 본대가 이미 떠나고 없어서 낙오되었다는 것이다.

인민군은 이미 서울에 쳐들어와 있을 때라서 군복차림으로는 나다니기에 매우 위험한 상황이었다.

이런 꿈은 도대체 무슨 조화인가? 어떤 말로 설명이 가능할까? 염력(念力)이라고 할까? 정신감응이라고나 할까? 아니, 그보다 더한 초자연적인 사념 전달 현상이라 함이 옳을 것 같다.

이와 같은 꿈이 별 대단한 꿈은 아니라 하더라도 분명 예지(叡智)라 아니할 수가 없었다.

양평 광탄리에서 열악한 서예교실을 개강하고 얼마 안 되는 시기의 어느 날, 새벽녘에 심상치 않은 꿈을 꾸었다.

흐릿한 논물이 유별나게 가득 찬 뙤약볕 논두렁길을 혼자서 한가히 걸어가고 있었다. 심한 갈증이 일어 논물을 손바닥에 한 움큼 떠서 마시고 싶었지만 마시지 못했다. 입이 마르고 혀끝이 갈라지는 심한 갈증을 참아가며 아득한 논길을 마냥 걷기만 했다.

긴 논두렁길의 끝자락에 좁은 공터가 있었다. 그곳에 수도꼭지가 있었는데, 실처럼 가는 물이 방울방울 떨어지고 있었다. 나는 입을 대고 겨우 혀를 적셨다.

꿈에 물은 돈과 관련이 있다고 한다. 극심한 갈증에 허덕이면서도 그 많은 논물을 흐리다고 지나쳐 버리고, 겨우 혀를 적실 정도의 맑은 물을 굳이 골랐던 것은, 흐린 돈을 탐하지 말고 고생스럽더라도 참고 맑게 살라는 예지의 꿈이었다고 생각되었다.

꿈은 더 이어졌다.

겨우 목을 축이고 앞을 쳐다보니 깎아지른 절벽이 있었고, 하얀 돌계단이 높게 이어져 있었다.

나에게 그 계단을 올라오라는 것 같은 강한 힘이 느껴졌다. 두려운 마음에 망설이고 있는데, 어떤 소년이 다가와서 아무 말 없이 내 손을 잡아 이끌고 올라간다.

계단 위에는 그윽하고 존엄하게 보이는 자그마한 전각이 덩그렇게 서 있는데, 신령스런 기운에 짓눌려 두려움이 확 느껴왔다.

거기에 도장(道場) 같은 넓은 방이 있었다.

방문이 열려져 있는 앞엔 노인 일곱 분이 학처럼 하얀 머리에 하얀 수염, 하얀 도포를 단정하게 차려입고, 경건한 모습으로 내가 선 옆으로 쭉 도열해 앉아 있었다. 나는 그 엄숙한 분위기에 짓눌려 너무나 놀라워 어리둥절할 수밖에 없었다.

그때 일곱 분의 도인이 나를 향해 일제히 고개를 숙여 읍을 하더니, 무릎을 꿇어앉은 자세로 두 손을 바닥에 대고 부처님께 하듯이 머리를 조아리면서 큰절을 하고 있었다.

이 돌발적인 상황에 놀라 그 분들과 마주 답례를 하면서 계면쩍은 마음을 감출 수가 없었다.

텅 빈 도장 안으로 더 들어가니, 마음이 편안하여 안식처처럼 느껴졌다.

꿈에 신이나 아주 고귀한 사람을 보면 행운이 온다고 한다.

이 일이 있고부터 수강생이 하나하나 늘기 시작하더니 혼자서는 감당할 수 없을 정도로 모여들었다.

서예계에서 시범학원으로 선정되어 서예월간지에 대서특필로 사진과 함께 게재되는 영광도 얻었다.

서울의 서예학원 원장들이 단체견학 오는 일까지 벌어졌다. 과연 꿈대로 들어맞았다.

그런데 단 한 가지 고민이 있었다. 서예교실 운영비가 걱정

광탄서예교실 원생 기념촬영

이었다. 글씨를 쓸 연습용 화선지가 있어야 하고, 먹물도 사야 하고, 더욱이 겨울 난방비가 가장 걱정이었다.

　내가 하고자 했던 당초의 목적은 거의 다 이루고 있었는데, 돈이 문제였다. '돈은 만능이요, 빈곤은 폐허'라고 한다. 사람의 품위도 지갑이 좌우한다지만, 도인이 지갑에 연연하지 않는다는 것도 깨달았다.

　돈을 앞세우지 않고 하는 일이라면 적극성에 대한 대가는 언제나 따랐고, 사회에 도움이 되는 일을 하겠다고 추진해서 이루지 못한 일이 없었다.

　가장 깨끗한 물을 받아 겨우 혀나 적시는 꿈을 꾸었으니, 돈을 지원해 줄 관이나 단체나 사람이 있을 리가 없었던 것이다.

　이 꿈도 예지였다.

광탄서예문화관(2층 별관에 설치. 작품 진열 전시)

닭갈비

용문면 광탄리에 '한섬갈비'라는 돼지갈비집이 있다. 돼지갈비뼈에 갈비뼈의 열 배나 되는 살을 둘둘 말아 양념해서 나온다.

양평 지역에서 제일 맛있다는, 그래서 항상 손님이 붐비는 돼지갈비집이다. 우리 경로당에서도 차를 불러 자주 찾곤 하는 입에 익은 일품식당이다.

그 마을의 옛 활터였던 택승정 맞은편에 푸줏간을 겸한 '영남이네'라는 이름의 소왕갈비집이 또 있다. 내가 알기로는 국내에서 제일 일

춘천의 유명 닭갈비

찍 시작한 소왕갈비집이 아닌가 싶다. 즉 소 왕갈비의 원조요 창시자가 아닌가 하는 생각이 드는, 오래된 푸줏간 식당이다.

그 영남이네 왕갈비가 맛도 맛이지만 기다란 갈비 작대기 둘레에 붙은 살코기를 그대로 푹 삶아서 원시인처럼 뜯어먹게 함으로써 미식가들의 호기심을 유발하고, 시각적으로도 눈요기거리로도 매우 이색적인 갈비탕이다.

이 특이한 왕갈비가 소문에 소문으로 번지다 보니, 웬만한 식당에서는 너도 나도 우후죽순 격으로 소왕갈비를 식탁에 올린다. 지금은 어디를 가나 왕갈비집이 없는 곳이 없을 정도로 번져버렸다.

그렇게 하많은 갈비 중에 닭갈비라는 말은 아무리 생각해 봐도 너무 생소하고 이상하다.

대하소설 〈삼국지연의〉의 한 장면에 전세가 불리했던 조조가 대군을 물릴까 말까 하고 어정쩡 고심하는 대목이 나온다.

앙상한 닭갈비를 손바닥에 올려놓고 골몰한다. 군량미가 바닥난 터에 철군하자니 힘들여 얻어놓은 땅이 아깝고, 전력을 다해 진격하자니 변변하게 얻을 만한 가치 있는 요충지도 기름진 땅도 아니었다. 조조의 손안에 든 닭갈비와 처해 있는 전황이 너무 흡사했다. 그래서 용단을 내려 대군을 철수하고 말았다.

차라리 회를 먹고 이어 나오는 매운탕에 들어있는 도다리 갈비에는 사이사이에 살 부스러기라도 들어 있지만, 닭갈비는 음식이라고 할 만한 것이 전혀 못되는 쓰레기에 불과한 것이다.

그런데도 전국 어디에도 닭갈비집이 없는 곳이 없다. 특히 춘천의 도청 옆 골목길 양쪽에 닭갈비집이 가득 차 있는데, 그 많은 닭갈비집이 다 북적북적 붐빈다. 그러다 보니 춘천 변두리에 이르도록 어디에도 다 닭갈비집이 성황을 이룬다.

그런 음식에 이상하게도 진짜 닭갈비는 본 적이 없다. 오히려 닭갈비는 애초부터 빼어놓고 살코기에 고구마와 양배추, 당근 등의 채소류만을 섞어서 철판에 올려 뒤지개로 달달 볶아준다.

그런데 왜 닭갈비라는 이름을 굳이 붙였는지 나의 좁은 소견으로는 도저히 이해가 안 된다.

가게 주인을 향해 "여기요! 여기 김치 좀 더 주고요, 그런데 닭갈비에 갈비가 왜 없어요?" 하고 우문(愚問)했다. 주인은 "예 그게… 저 흐흐흐….." 한다. 그것이 현답(賢答)이었다.

가게 주인도 모르는 그 답은 아마도 영원히 모를 것 같다.

춘천 명물 닭갈비라는 이름의 쫄깃하고 매콤한 닭갈비에 춘천 막국수 한 사발을 곁들여서 내어주는 대로, 입맛 당기는 대로 맛있게 먹으면 그만인 것을, 뭘 깊이 알려고 상심하였는지 모르겠다.

鷄肋 계륵

닭갈비

肋間獸肉元滋味 늑간수육원자미
瘠骨鳥鷄奈聞號 척골조계나문호
肌塊加蔬燔鐵熟 기괴가소번철숙
嗜嘗奇饌問曹操 기상기찬문조조

짐승의 갈빗살은 원래가 맛이 좋은데
배짝 마른 닭갈비가 왜 소문났던고?
살덩이에 채소 넣고 번철에 익힌
이 이상한 갈비를 조조에게 물어보라네.

결혼기념일 🌿

　내가 28세 되는 해인 1957년 3월 28일, 유명 소설가 정비석 선생님의 주례사에 이어 '나 한평생을 부부로서 변함없이 살겠다'라는 내용의 고천문(告天文)을 하나님을 향해 경건하게 고하고 늦장가를 들었다.

　그 고천문이 하느님에게 경건하게 잘 전달이 되었는지 확인할 사이도 주지 않고 신혼부부를 이끌어 차에 태운다. 그 차엔 오색 테이프가 앞뒤로 둘러쳐지고 있었다. 그리고 쭈그러진 빈 깡통 두 개를 차 꽁무니에 우스꽝스럽게 매달아 놓았다. 차가 달리면서 주변에 빈 깡통 소리를 요란스럽게 남기더니, 남대문을 돌아 남산공원에 올라 광장에 내려놓는다.

　기사는 오래 머물지 말라는 듯이 옆에서 서성거리다가 둘만의 앞날의 포부를 미처 다질 여유도 주지 않고 차에 타란다.

　그것으로 결혼식 겸 신혼여행까지 두루 다 마치고 소박한 국수잔치가 있는 적선동 집으로 직행했다.

그것이 당시의 일반 서민들의 세속 풍정이었다.

내가 영악하지 못한 탓에 아내에게 미안할 만큼 우리 생활은 항상 고단했다.

그런 주제에 지난 63년 동안 결혼기념일만은 거르지 않고 간소한 여행으로나마 때웠다. 여행이라야 국내의 원근을 가리지 않고 내 분수대로 다니는, 지극히 소박한 여행이 대부분이었다.

남들은 부부간의 여행 같은 일은 엄두에도 내지 못하던 시절이라, 내 딴에는 분명 아내와 가족을 위한 매우 선진화된 배려였다.

해마다의 그때가 3월 하순의 때 이른 봄이라 만물이 겨우 싹을 틔우는 삭막한 산야이긴 했어도, 집 밖의 색다른 경색을 차창 밖으로 내다보며 즐겨보는, 그런 기회의 여행으로 복에 겹게 즐거웠다.

살림이 넉넉지 못한 데다가 좋은 먹을거리를 챙길 줄 모르는 멍청한 습성이 몸에 배어서, 토속음식 같은 것을 군이 찾아 불평 없이 먹는 허술한 여행이었다.

그렇게 소박한 여행일망정 아내는 군소리 없이 즐겨 따라다니더니만, 나이가 조금씩 들면서부터 품위 없는 여행에 질렸던지 불평이 새어나오기 시작했다.

내가 원래 등산을 겸한 여행에 먹을거리는 아예 챙기지 않고 오직 그 지역 경치 구경에만 몰두하는 병적인 습성이 몸에 깊이 배어 있다.

지리산 종주를 새벽 5시부터 밤 8시까지의 15시간, 32킬로미터의 산길을 등반하면서 허리에 물통 하나 차고, 호주머니에 건빵과 생선포만 넣고 하루해를 종일 걷기만 한 일도 있었다.

그건 지독히 가난해서도 아니었고, 돈을 아끼려는 것도 결코 아니었다. 아내와의 동반여행을 소홀히 한 것도, 그런 습성이 몸에 배어 있어서 그저 대수롭지 않게 여겼던 것도 부인할 수가 없다.

아내는 참다 참다 드디어 불평이 터져 나왔다. "이런 거지 같은 여행도 여행이라고 데리고 나서요? 구두쇠 같아가지고는… 에이, 에이!" 하고 두덜대며 어깃장으로 시종 순탄치 못한 때

덕구온천장

가 잦아지고 있었다.

결혼 기념여행이라는 특수목적을 고려치 못한 잘못을 내 스스로가 잘 알고 있는 터라, 그래도 예의를 벗어나는 일 없이 여왕 모시듯 깍듯이 모시긴 했다.

초창기 십여년을 그와 같이 넘긴 뒤의 여행부터는 내게 깨달음이 와 닿았던지 여행 분위기도 다소 달라져서, 귀가길에 웃음도 행복도 한아름 담아 가져오곤 했다.

그와 같은 여행이나마 지난 60여 년의 결혼 기념만은 한 해도 빠짐없이 둘이서만 오붓하게 보냈었다. 그랬는데 금년에는 차도 없고 힘이 부쳐 어디에건 나설 수 없는 처지가 되어버렸다.

결혼기념 케이크 커팅

結婚紀念汽車旅行
결혼기념 기차여행

禿林孤徑何村盡 독림고경하촌진
翠竹繞墻隱宅綢 취죽요장은택주
千里長程花難覓 천리장정화난멱
梧桐島至滿紅莢 오동도지만홍휴

헐벗은 숲속의 외론 오솔길 그 끝은 어디에?
담 둘레에 푸른 대숲 한가로이 집 가렸어도
천리 먼 길 가고 가도 아직은 볼 수 없는 꽃
오동도에 이르면 붉은 동백 하늘을 덮을 텐데.

용(龍)의 고장 양평

양평에 용자가 붙
은 지역 이름이 많다
는 것을 양평에 이사
와서 정착할 때까지
는 알지 못했다.

지금으로부터 한
5,60년 전 겨울에

용문산국민관광지의 가을풍광

당시 고등학생이던 막냇동생을 데리고 용문산을 등반한 일이
있었다. 계곡에 사타구니 깊이 쌓인 눈길을 헤치며 등산복 윗
주머니 속에 집어넣은 볶은 콩과 대구포를 추위 속에 꺼내어
요기하며 힘차게 올랐다. 하얀 눈을 다져서 물로 대신하며 한
발 한발 올라가다가, 눈이 너무 깊어 정상은 포기하고 하산하
고 말았다. 그것이 용문산과의 첫 인연이었다.

仲秋龍門山 중추용문산
중추의 용문산

千年靈木黃金子 천년영목황금자
古寺梵鐘震覺慈 고사범종진각자
蹇踏石溪泉水飮 건답석계천수음
覓求藤果自吟吹 멱구등과자음취

천년의 은행 영목 황금 같은 열매 위에
옛 절의 범종소린 자비로 떨려온다
돌서덜을 절름절름 샘물 마시다가
산다래 찾고서야 휘파람이 절로 났네.

−1981년 10월 3일, 딸과 함께 한 등산

내가 서울에서 이사 온 곳이 용문면(龍門面)이었고, 용문산(龍門山) 산자락이었다. 그것이 용자(龍字) 마을의 첫 거주지였다.

용문산 영목제를 지낸 제관

용은 뱀과 비슷한 몸체를 지녔고, 사슴의 뿔에 귀신의 눈을 가지고 구름 위를 날며 풍운조화를 일으킨다는 신령스런 상상의 동물이다.

임금을 용이라 상징하였고, 임금의 얼굴을 용안(龍顔)이라고 하였다. 임금이 앉는 자리까지 용상(龍床)이라 하였을 정도로 용을 신성시하였다.

그렇게 추켜세운 용은 궁전 말고도 사람 사는 주변 어디에고 없는 데 없이 존재하여서, 다소 그윽한 곳에 있다 싶은 샘물·냇물은 어김없이 용담(龍潭)이요, 용연(龍淵)이요, 용천(龍川)으로 불리었다.

남한강과 북한강을 사이에 두고 북쪽의 양평 일대에 용자를 쓰는 마을이 꽤나 많아 용문산을 중심으로 동서로 고루 분포되어 있다.

용문산 서쪽의 남한강과 북한강이 합류하는 지점의 '두물머

용담교의 아름다움

리'에 용담(龍潭)리라는 마을이 첫 선을 보이고, 거기에 길게 이어 건설한 용담교(龍潭橋)가 있다. 용담교는 건설부가 뽑은 아름다운 도로 최우수상을 수상했을 뿐만 아니라 '한국의 아름다운 길 100선'에 선정되었을 정도의 위상을 지니고 있는 용자 다리로서, 특별히 각광을 받고 있는 양평의 대표 교량이다.

내 고장의 인물(송개 김선교 국회의원)

다음이 용천(龍川)리다. 즉 용문산 서남방향으로 흘러내린 계곡물에 용이 내려왔다는 상징적 이름의 지역이다 보니, 그 일대에서 양평군수 세 사람이 배출되었는가 하면, 군수 3선에 국회의원(송개 김선교-松蓋 金善敎)까지 배출하는 등 양평을 들썩이게 한 걸출할 인물이 나오는 전통적인 고을로 기록된 곳이다.

용문산에 농업박물관을 누각과 함께 세워 주변을 공원화하여 국민관광지를 조성하였다. 그 관광지 입구에 솟을삼문을 세워 관광차가 드나들게 하고, 현판·시판·시비 등 기품 있는 관광문화 시설물을 고루 갖추어놓아, 다른 지역 관광지에 비할 수 없이 자랑할 만하다.

그리고 강원도 홍천을 향해 가는 동쪽의 큰 고을 용문(龍門)

면에 마룡(馬龍)리가 있고, 단월면에 보룡(寶龍)리와 비룡(飛龍)리가 있는가 하면, 강원도 홍천과의 접경지역인 청운면에 용두(龍頭)리가 있다.

이렇듯 용자 마을이 부지기수로 즐비하게 펼쳐져 있는 고장이 양평이다. 그야말로 용자 고장이라 하여 손색이 없다.

공짜 전철 승차권이 발급되는 시기의 초로의 사람들에게 서울을 떠나 살 만한 지역을 골라보라고 물으면, 대다수가 양평에서 살고 싶다고들 한다.

한참 전에는 '진천에서 살다가 용인에서 죽고 싶다'고들 하더니, 사람들의 의식이 확 바뀌어져 버렸다.

아마도 양평에 신령스런 용자 마을이 많다는 것이 뒤늦게 알려진 까닭이 아니었을지? 한번 생각해 볼 만하다.

용머리(용두리)

용두리 해물짬뽕

경기도 양평군과 강원도 홍천의 경계 끝자락의 한촌, 용두리 삼거리에 중국 음식점이라고 하기에는 좀 어울리지 않는 시골스런 짬뽕집이 있다.

주차장도 없는 허름한 식당에 손님이 북적

용두리 짬뽕집

거리는데, 물도 갖다 주지 않는 바쁜 집이다.

오랜 시간을 기다려야 나오는데, 큰 대접에 얼큰한 국물이며 노르께한 면발은 그릇 속에 파묻혀서 보이지 않고, 검은 홍합에 약간의 다른 해산물과 함께 산처럼 수북이 얹어져 나온다.

곁들여 나오는 다른 큰 빈 대접에 홍합 껍질을 까 넣으면서 먹는데, 우선 눈요기로 더 흡족하다.

용문에 망년교(忘年交)로 지내는 70대의 젊고 자별한 친구인 동곡과 함께 내가 운전하는 차편으로 그 짬뽕집을 찾아가는 경우가 잦았다.

하루는 수북한 홍합 무덤에 젓가락을 꽂으면서 "동곡! 우리 한번 세어볼까요?" 했더니, 동곡은 쾌히 동의한다. 동곡은 흡족한 표정으로 손을 걷어붙여 한참동안 껍질을 까면서 세어나가더니 "하하하, 정확히 칠십네 갠데요."라고 답한다.

그런 눈요기 말고도 홍합을 비롯한 해물이 많이 들어있는 만큼 우러난 국물 또한 일품이다. 얼큰하고 구수하고 달짝지근한 것이 어느 것 하나 나무랄 데가 없다. 게다가 값도 8천 원에 불과하다. 그래서 사람들이 그렇게나 많이 모이는가 보다.

짬뽕 대접에 얹혀 나오는 분홍색 홍합 속살이 샥스핀을 대신하고, 얼큰한 짬뽕 국물이 불도장(佛跳墻)을 대신한다. 거기에 소주에 사이다를 타서 마시면 샴페인이 부럽지 않다.

전국 어느 지역을 막론하고 중국 음식점이야 쌓이고 쌓였어도, 미식가들이 굳이 찾는 이 집은 그만한 이유가 있어서인 것이다.

운전면허를 반납하고 난 지금, 꼼짝달싹 할 수가 없으니, 이제 짬뽕집 나들이도 접어야 할 것 같다. 섭섭함이야 없겠는가

마는 웬만한 먹을거리를 찾는 일 따위는 생각 밖에 두어야 할 것 같다.

그러니 집구석에 처박혀서 빈대떡은 마누라가 힘들어서 못 해 먹겠고, 누룽지나 끓여 먹어야지 어쩌겠는가.

용두리 짬뽕의 홍합 무더기

海物炒碼麵 해물초마면

푸짐한 해물 짬뽕

走驅名馨里 주구명형리
臨嘗陋饌家 임상누찬가
麵猶紅蛤盛 면유홍합성
殼替鉢盈多 각체발영다

맛이 좋다 이름난 마을로 차를 몰고서
면 맛보려 허름한 식당에 이르렀더니
면발보다 오히려 홍합이 수북한데
빈 대접엔 홍합이 껍질로 변해 그득 넘친다.

버 룻

1) 보편적 버릇

인간이 자신의 심신을 유지해 가는 데 있어서의 여러 가지 생리적 기능이나 본능적 행위 등은 태어나면서부터 생명이 끝날 때까지 멈추지 않고 계속된다.

심성이나 체질 또한 세부적으로는 사람마다 상당한 차이가 있다. 지구상의 모든 생물이 다 그렇다.

그런데 버릇만은 선천적인 것도 있고, 후천적인 것도 있다. 후천적인 버릇은 항존적(恒存的)으로 굳어져버리는 경우도 있고, 달리 변이되기도 한다. 버릇은 살아가면서 형태를 바꾸기도 한다.

외국사람의 경우는 그들과 가까이 생활해 보지 못해서 어떤지 잘 알 수 없으나, 우리나라에서는 예부터 '배냇버릇'이라는 말을 자주 써왔다. 그것은 태속에서부터 유전자로 생성된 채 지니고 나오는 선천적인 버릇이라는 뜻으로, 여간해서 고쳐지지 않는 고질적인 버릇을 말함이다.

후천적 버릇은 자기 자신만이 어느 때부터인가 몸에 깊숙이 배어 있어서 아주 굳어져버린 상태의 좋거나 나쁜 습관이다.

어떤 사람은 어릴 때에 오냐 오냐 키워서 혀가 짧은 말을 한평생을 더듬거리는가 하면, 어떤 사람은 의자에 앉으면 다리를 흔들고, 또 어떤 사람은 괜히 다른 사람을 건드려 시비를 거는 못된 버릇도 있다.

술을 먹고 주정하는 버릇, 아무한테나 반말 짓거리를 거침없이 하는 버릇, 괜히 상대자를 들볶아 괴롭히는 못된 버릇, 자면서 이를 가는 생리적 버릇, 고래고래 고함지르면서 심한 잠꼬대를 하는 버릇 등등 이루 헤아릴 수 없는 버릇들이 째고 쌨다.

이런 사소한 버릇은 사람 사는 곳이면 어디에서나 숱하게 볼

끝없는 방랑길

수 있는 버릇으로, 상대자가 크게 문제 삼지 않으면 별 문제가
되지 않는 각종 버릇들이다.

2) 나만이 겪는 별난 버릇

어디엔가 그윽한 곳에 간섭 없이 혼자 훌쩍 떠다니고 싶은 충
동을 일으키는 별난 버릇이 있다. 고독을 즐기려는 부정한 작
희가 마음속 깊은 곳에 서려서인지, 아무튼 올곧은 버릇은 아
닌 성싶다.

그러다 보니 산행도 남과 어울려 다니는 빈도보다 나 혼자 배
낭 메고 정처 없이 나도는 때가 더 많았다.

또 있다. 서예나 서각 같은 작품을 만들기를 즐기고, 애써 만
든 그 작품을 전시하고자 하는 욕구가 강한 특성이 있다. 이 역
시 버릇인 것 같다.

홀로 다니는 여행 버릇

작품전시 의욕

　그런 버릇 말고도 나만 가지고 있는 아주 고약하고 애로가 많은 이상한 버릇이 또 따로 있다.

　그것이 무의식 상태에서 자제할 틈 없이 극히 순간적으로 무엇이건 걷어차는 버릇이다.

　어린 시절 운동장에서 축구공을 찼다. 정원수를 받치는 각목을 양쪽에 세워놓고, 그 중간에 가로막 각목을 걸쳐놓았다. 그것이 골문이었고, 골대였다.

　내가 힘껏 찬 공이 골문 옆을 살짝 지나려는 찰나 다급히 다가가서 바로잡아 차 넣었다. 그 순간 뒤로 발랑 나가자빠졌다. 물론 정신을 잃고 말았다. 누군가가 곰팡이가 슬어 군데군데에 시커멓게 변한 깨어진 썩은 바가지 조각에 물을 담아 얼굴에 쏟아 붓고서야 정신을 차렸다. 죄는 발이 지었는데, 벌은

이마빡이 받았던 것이다.

산행 중에 북한산 도선사 앞길에서 조약돌을 주워서 단단하기로 이름난 '송림제화'의 세 겹 가죽등산화로 힘껏 걷어찬 일이 있었다. 하필 내가 찬 조약돌이 내 얼굴의 양미간 인당 급소를 향해 공격하여 정신이 핑 돌고, 코에선 선혈이 낭자하여 어쩔 줄을 모르고 주저앉은 일이 있었다. 두 번에 걸쳐 맞은 인당급소에 생긴 상처 흔적이 볼록하게 혹으로 돌아 월드컵을 박아놓은 것처럼 지금껏 기념물로 남겨 놓았다.

그렇게 혼이 났는데도 들길이나 산길이나 할 것 없이 눈앞에 돌멩이만 보이면 걷어찬다. 한 번은 구두창이 떨어져가는 것도 모르고 돌멩이를 걷어찼다. 그 순간 구두창이 홀라당 뒤집혀졌다.

그 난감하고 골치 아픈 악습이 지금이라고 고쳐지지 않고 있다.

최근에는 두 다리가 휘청거려 지팡이를 짚고 다니면서도 눈앞에 돌멩이가 보이기만하면 걷어찬다. 다음 순간 얼굴에 미소를 띠우며 "요놈의 다리몽둥이가 부러져야 끝이 나려나?"

발로 걷어차는 버릇 중에 빈도가 점점 더 잦아져 인내심을 요구하는 버릇이 따로 또 있다. 걷어차는 강도는 축구공보다 얕으나 순간 통증이 심해 짜증스럽기 그지없는 못 말리는 버릇이다.

거실에서 방으로 들어갈 때엔 새끼발가락으로 문설주 모서리를 걷어차고, 소파에 앉으려고 다가서다가는 셋째. 넷째발가락이 탁자다리 모서리를 걷어차고, 일어설 때에 또 한번 걷어찬다.

식탁에 앉을 때엔 둘째. 셋째발가락으로 식탁 다리를 사정없이 걷어찬다. 그러고도 모자라서 식탁 의자 다리까지 마저 찬다. 그 차이는 곳이 날카로운 나무모서리이고 보니, 그럴 때마다 "아야얏!" 하면서 외발뛰기로 발가락을 움켜쥐고 동동거리다가 한참을 엎드려서 가라앉기를 기다려야 한다.

그것이 어쩌다 한번이 아니고 하도 잦다 보니, 발가락 관절 몇 개는 퍼렇게 피멍이 들어 성할 날이 없다. 발톱엔 죽은피가 뭉쳐 마치 원숭이 발톱같이 검게 피멍이 들어, 요즘 여성들이 선호하는 네일아트 한듯 까맣게 물들어 있다.

지금의 왼쪽 발가락 두 개의 검은 멍이 낫기도 전에 다음에는 아마도 오른쪽 발가락 몇 개에 검은 물이 들지 않을까 염려스럽다.

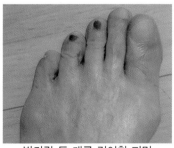

발가락 두 개를 걷어찬 피멍

蹴癖爪難 축벽조난
걷어차는 버릇으로 겪는 발톱 고생

忽焉習蹴指紅染 홀언습축지홍염
頻數苦勞爪墨朦 빈삭고로조묵몽
向我老妻嘲野俗 향아노처조야속
春秋九十至猶功 춘추구십지유공

깜짝 사이에 발가락 차이어 붉게 물들고
잦은 괴로움에 어질어질 검게 변한 발톱
나를 향한 노처의 조롱이 야속한 터에
나이 구십에 오히려 고쳐보려 공들여본다.

한국의 땅끝, 미국의 땅끝 🌿

　천지개벽이 일어나 나라 땅이 둘로 갈려져 북쪽 끝을 외금강이 멀리 바라보이는 지점의 고성 땅에 말뚝을 박아놓았다. 그 말뚝 밑 땅굴을 흙운반차로 레일을 타고 들어가서 한숨 한번 깊이 쉬고 되돌아서면, 그것이 북쪽 땅끝까지 갔다가 온 것이다.

한반도 땅끝마을

　남쪽 땅끝을 찾아 차를 몰고 4박 5일 일정으로 전국 일주 길에 나섰다. 그것이 8년 전의 일이었다. 전라도 일대를 두루 돌다가 궁금했던 땅끝마을에 들어섰다. 그곳이 전남 해남군 송지면이었다.

해변가 마을에서 생선찌개로 아침 식사를 대충 하고 바로 지척인 진짜 땅끝을 향했다. 한반도 지도비를 옆에 둔 '땅끝마을' 표지석이 우람하게 아침 햇살을 받고 우뚝 서 있었다.

사자봉에 있는 전망대를 향해 모노레일을 타고 올랐더니, 전복 양식장이 앞바다를 아예 덮어버린 듯이 끝없이 이어져 있었다.

그리고 진짜 나라 끝은 마라도다. 지금은 바다 밑에 있는 이어도에 구조물을 설치하여 나라 끝으로 부르고 있기는 하다.

미국의 동북쪽 해안가에 돼지 귀처럼 위로 삐쭉이 올라간 대서양을 낀 땅이 있다.

그곳이 나의 조카딸이 살고 있는 해양 관광도시 '메인'이다. 당시의 그곳 시장을 두 번에

미국 동북부의 메인(바다가재 통발)

걸쳐 역임한 조카사위 덕에 메인 곳곳을 샅샅이 둘러볼 수가 있어 아직도 행복했던 기억이 생생하다.

캐나다 접경지로서 항구 전역에 호화 요트가 빽빽이 들어서 있는가 하면, 그 사이사이에 랍스타 잡이 통발어선이 즐비했다.

미국 최초의 작은 등대가 하얗게 남아 있는 곳이기도 하고, 임자 없는 고목화석 여러 개가 해안가 파도에 씻기기도 하는

곳, 그리고 부자(父子)가 대를 이어 대통령을 지낸 부시가의 별장이 있는 곳이기도 하다.

그곳 사람들의 생업이 어업이다. 어촌인데 사람도 없이 고요하다. 어촌의 생선 비린내도 전혀 없다. 그러니 생선을 잡는 어업이 아니다. 사방 1미터가 넘는 2중통발 속에 고등어를 미끼로 넣어 바다에 던진다. 그리고 다음날 건져 올리면 값비싼 바다가재가 통발 안을 배회한다. 이것이 그곳의 어업이다.

미국의 남동쪽 땅끝이 비치로 유명한 '마이애미'다.

셋째 누이동생이 두루 구경시켜준 곳이어서 그리 낯설지 않았던 터에, 큰딸 내외의 배려로 딸들 모두와 부모가 함께 나선 플로리다 여행이었다.

마이애미에 이어진 섬 40개를 연결하여 대로로 만들어 포장해 놓았다. 그 끝 섬이 대문호 헤밍웨이가 살면서 〈노인과 바다〉, 〈누구를 위하여 좋은 울리나〉 등 소설을 집필했던 곳이기도 한 섬 '키웨스트'다. 그곳이 미국 본토에 이어진 최남단이었다.

미국의 끝 섬 키웨스트의 범선과 낙조

키웨스트의 낭만, 낙조를 즐기다

　꽃 위를 남실대는 꿀벌들의 찬미

구름을 불러 타는 노옹들

3

선계의 노옹 🌿

    높은 학덕을 겸비한 신선 같은 노선비가 많이 참여하고 있는 고차원적 서예공부방 '강상묵숙'이 경천동지(驚天動地)로 세상에 널리 알려지다 보니, 노인문화의 획을 뛰어넘어 분에 넘치게 각광을 받고 있다.

    2012년 3월 6일, 강상묵숙(江上墨塾)을 설립하면서 유명 시인 한 분이 함께 동참하였고, 2년쯤 지났을 무렵에 유명 디자이너 한 분과 화학계통 전문 분야에서 숱한 연구실적을 쌓아올린 노옹이 합류함으로써, 여러 분야의 서울대학교 출신의 80대 중·후반 노옹 세 분이

서예준비는 항상 갖춰져 있다

함께 모이게 되었다.

짙은 이끼가 흠뻑 낀 수
백년 전부터 있어 왔던 우
물 속처럼 그 깊이를 헤아
릴 수 없는 해박한 지식
을 두레박으로 퍼 올리듯
이 술술 내뱉는, 자그마한
80대 후반의 노학자 최희
운 옹은 거침없이 차원 높

이끼 낀 아득히 깊은 고정(古井)

은 이야기를 묵숙인들에게 들려주어 묵숙의 분위기를 장악하
신다.

그래서 지어드린 아호가 '苔井(태정)'이다. 즉 짙은 이끼가 꼭
차게 끼어있는, 그래서 그 깊이도 헤아릴 수가 없고 마르지도
않는, 그런 우물 속 같다는 뜻의 아호다.

양평에 멋진 시비 두 기가 서 있을 정도로 이름 높은 시인이
며 양평문인협회 고문을 역임하고 있는 유명 인사가 강상묵숙
을 개강하면서부터 일찌감치 합류하여 묵숙에 활기를 불어넣
은 황명걸 옹도 함께하고 있다.

가냘픈 체구에 일찌감치 지팡이를 짚는 노옹. 몸은 다소 쇠
하였어도 정신과 근기와 의욕만은 누구에게도 지려고 하지 않

는 옹골진 시인이다.

그의 특유의 느릿느릿한 말 속에는 항상 시가 배어있어서 마치 구름 속에 드는 듯하고, 다할 줄 모르는 계곡의 흐르는 샘물 속에 끌려들어가는 것 같은 느낌을 주는, 그래서 지어드린 아호가 '雲泉(운천)'이다.

운천 황명걸 옹의 시비

80대 중반 노인 세 분 중의 막내인 송흥섭 옹은 서울대학교 학창시절에 응원단장, 오락부장 등을 두루 섭력하신 호걸이다. 운천 옹의 권유로 묵숙에 입숙하여 지금까지 6년을 헤아리는 동안 하루의 예외도 없이 열심히 붓을 쉬지 않는다. 그렇다 보니 이제 당신 자신의 서체가 형성되어 자리잡은 상태여서 어디

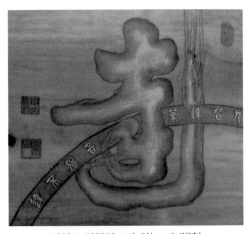

명필로 달관하고자 하는 기개(達)

에 내어놓아도 손색 없는 명필이 되었다. 글씨체도 매우 호걸스럽고 웅장하여 활기가 넘친다.

그렇게 호걸풍임에도 겉으로는 과묵하는 체 하지만 술자

리만 생기면 "어이! 시간 있어? 여기 한 잔 따라 봐." 하며 몸에 밴 호걸풍이 절로 새어나온다.

마치 푸른 호수 속에 일렁일렁 떠있는 보름달을 연상케 하는 것 같아 '湖月(호월)'이라는 아호를 지어 드렸다.

사람이 살다가 80대 나이에 이르면 이제 귀신의 길에 들어선 나이라고들 하는데, 나는 그 분들을 볼 때 오히려 무위자연(無爲自然)속에 유유자적하는 노유(老儒)요, 도인의 길에 들어선 안심입명(安心立命)으로 천명에 따르는 분들이라고 여긴다.

그런 의미에서 '묵숙선옹'(墨塾仙翁)이라는 호칭을 붙여 드렸다. 묵숙에서 가장 고령인 나도 그 대열에 한 몫 끼어들어 우리 묵숙에 사선(四仙)이 생겼다.

혹여 외부인들이 들으면 '허! 놀고들 있네' 하고 빈정댈 수도 있겠으나, 이것은 결코 사실에 근거한 호칭임에 손색이 없다.

하루는 용문산 후면의 사나사 뒷산에 톱을 들고 힘겹게 올라가서 신선 전용 지팡이를 잘라 왔다. 그러고 그 지팡이에 의지하여 네 사람이 사진을 찍었다.

나이도 생각지 않고 장난기가 일어 사진작가인 막내 누이동생에게 사진을 보여주며 "이 신선들을 구름 속에 올려줄 수 있겠어?" 하고 부탁했다. 그랬더니 걸작이 나왔다. 그 사진을 '운유선옹'(雲遊仙翁-구름을 불러 타는 신선노옹)이라는 이름을 붙여 크게 확대하여 묵숙 벽에 걸어놓았다.

이와 같이 여러 과정을 수고롭게 하여 이룬 것을 그냥 스쳐버리기도 그렇고 해서 각각의 저서의 삽화는 물론이지만 달리 쓸 만한 곳을 찾아 여재 없이 다 쓰고 있으며, 묵숙 초창기의 기록으로 전설이 되어 남기를 바라고 있다.

강상묵숙은 이런저런 여러 가지 일로 재미를 붙여 꺼져가는 노년을 신선으로 얽어 즐겁게 보내고 있으며, 이 전통이 지속되어 70대가 80대로, 80대가 90대로, 길이길이 이어지기를 바라는 마음 간절하다.

탁자에 앉아서 글씨 쓰는 늘그막의 한가로움, 인간계를 벗어나 구름을 탄 듯한 차원 다른 선계의 평화로움을, 선계 밖에 있는 노인들이 어찌 알기나 할까.

우리 묵숙인은 '신선노름에 도끼자루 썩는 줄 모른다'는 말뜻을 실제로 체험하고 있는 것이다.

묵숙사선(墨塾四仙)

孤高長生 고고장생

고고하게 늙어가다

碧松孤節昻儒至 벽송고절앙유지
翠竹叢篁一體傍 취죽총황일체방
自適延年生換樂 자적연년생환락
耆英風起爲尊望 기영풍기위존망

푸른 솔이 절개를 지키듯 인격 높은 선비 되어
뿌리 얽은 대나무가 숲 이루듯 하나로 뭉쳐
자적연년하며 값진 삶으로 바꾸어 즐기면서
영화로운 바람 이뤄 존경 받기 바라옵니다.

선옹들의 서예백일장

난고 김병연(蘭皐 金炳淵)은 영월의 향시(鄕試)에서 장원급제했다. 그런데 장원한 시문이 자기 자신의 할아버지의 죄상을 흠잡아 욕되게 조롱하는 내용의 시였다.

나중에 이 사실을 알게 됨으로써 세상에 부끄럽고 윤리를 어지럽힌 죄를 지었다 하여 삿갓으로 얼굴을 가리고 이름을 김립(金笠-김삿갓)으로 부르며, 떠돌이 발경시인(鉢耕詩人-거지시인)으로 삼천리 금수강산을 두루 유랑하게 된다.

이렇듯 각 지방에서는 향시(鄕試)인 초시를 치른다. 그 초시에서 급제하면 '초시'라는 호칭을 부여받아 박 초시, 김 초시라는 호칭이 성씨 밑에 따라다닌다.

그렇게 지내다가 자신의 출신 도에서 치르거나, 중앙정부에서 치르는 과거(科擧)의 기회를 포착하여 등제하게 되면, 출세의 길이 활짝 열리게 되는 것이다.

그러나 나이를 먹었어도 상급과거에 급제할 수가 없는 사람이면 '초시 나부랭이'로 불리어 일반 상민들에게까지 하찮은 대접을 받을 수밖에 없었다.

떠돌이시인 김삿갓 유적비

2019년 4월에 강상묵숙인들만의 서예 백일장을 열었다. 묵숙인 20여명의 남녀 선비들이 새싹 돋는 예원들에 둘러앉아 늙음을 개의치 않고 벼루에 붓을 고르고 있었다. 하얀 화선지 위엔 생동감 넘치는 웅려한 글자가 시인들의 시구가 되어 세상에 첫 선을 보인다.

폭신한 여린 잔디밭 과장에 활기가 넘칠 때 묵숙인들의 얼굴엔 늙음은 사라지고 순박한 과유(科儒)의 모습만이 풍아한 행복으로 여유로워 보였다.

노유들이 잔디밭에 앉아서 정성껏 시제를 적는다

書藝白日場 서예백일장

강상묵숙 서예 백일장

塾曺伏地如書釆 숙조복지여서채
亭頂靑天似字雯 정정청천사자문
耳穿心開檐磬響 이천심개첨경향
花肴美酒獨淸欣 화효미주독청흔

숙생들은 엎드리고 글씨 위엔 빛이 서리는데
정자 위엔 글자 닮은 구름무늬가 아스라하다
처마의 풍경소린 귀를 뚫고 가슴을 열고
꽃안주에 미주 곁들이는 청정한 풍류장에.

큰바위얼굴 조각공원

    용문의 발전을 위해 많은 분야에서 공헌했던 '향사연회'가 전국 방방곡곡의 문화 형태를 관찰하여 용문 문화발전에 이바지하고자 차를 움직이는 경우가 잦았다.

    이번에는 영주 소수서원의 무성한 노송 길을 지나 명종의 어필사액과 신재 주세붕, 퇴계 이황 그리고 택당 이식 등 거유들의 흔적을 두루 살펴보았다.

    서원 뒤편에 있는 선비마을에 들러 국내 최고의 명성을 지닌

소수서원에 걸려있는 명종어필 사액

서예대가 다섯 분의 필체로 세운 근재 안축(謹齋 安軸) 선생의
〈죽계별곡 오장(竹溪別曲 五章)〉을 각 서체별로 각기 따로 휘
필하여 아름다운 자연석에 새긴 시비를 감상하고, 곧바로 '큰
바위얼굴 조각공원'을 향해 차를 돌렸다.

음성군 생극면 관성리라는 곳에 대지 17만평 규모의 지상에
3천여 개의 바위얼굴 조각작품이 세워져 있는 곳이다.
그 공원이 세워진 것이 2006년 5월이었다.
작품 하나의 바위 무게가 자그마치 40톤 정도라고 하니, 가
히 대단한 작품이다. 동행한 일동이 찍은 사진 속의 사람이 마
치 수레 앞에 놓인 도토리만 하여, 나이 든 노인들이 오히려 귀
엽게 보일 정도였다.
중국 4대 고성(古城)이라고 일컫는 연태의 '봉래각' 앞 넓은
길목에 거대한 '8선인상'(八仙人像)이 세워져 있어 감탄했고,
시안에도 실크로드의 '낙타행렬석상'이 엄청 크게 조각되어 있
어 놀라울 따름이었는데, 큰 바위얼굴 조각공원 석상에는 비
교조차 할 수가 없었다.
그런 저런 것들을 떠올리며 초대형 바위얼굴 작품 구경에 몰
두하였다.
이 작품들은 전세계 1백85개 국의 고금의 인물들을 발굴하여
조각한 얼굴 석상들이다.
지구상의 모든 분야에서 위대한 업적을 남긴 걸출한 인물들

을 가려내어, 거대한 바위덩이에 조각하여 세운 인물 전시장
으로 조성해 놓았다.

 조각상에는 예수를 비롯하여 간디, 빌 게이츠, 마릴린 먼로,
세계적 스타 싸이, 대통령 박근혜, 마라톤 선수 이봉주 등 고대
와 현대를 망라한 다양한 분야에서 역사에 기록될 만한 인물이
면 가리지 않고 총동원되어 있다.
 총 11년에 걸쳐 준비하는 과정에서 중국 푸젠성(福建省)에
조각예술학교와 조각공장을 세워 운영하면서 영구적으로 보
존할 수 있게끔 큰 돌에 새겼다는 것이다.
 동이나 철 등에 새긴다면 어느 때인가는 부식 훼손될 우려가 다
분하겠기에 천년만년 변하지 않는 돌에 굳이 새겼다는 것이다.
 이만 하면 우리나라에도 세계적인 관광명소가 또 하나 생긴
셈이니 자랑스럽지 않을 수가 없다.

전세계 인물을 망라한 큰바위얼굴 조각상

巨石頭像公園 거석두상공원

큰바위얼굴 조각공원

巨岩割削成肖像 거암할삭성초상
聖子藝人覓索勞 성자예인멱색로
宇內三千艱善選 우내삼천간선선
野村萬客易便遭 야촌만객이편조

큰 바위를 쪼개고 깎아 이룬 얼굴상
성자와 예인을 수고로이 고루 찾아서
전세계 삼천 명사 어렵게 골라 세워
야촌에 객을 불러 편히 만나게 하네.

세상에서 가장 희괴한 귀

단순히 보청기를 끼워넣기 위해 차편이 매우 불편한 아산병원 이비인후과에 가서 귀검사를 받았다.

연전에 맞추었던 보청기가 마땅치가 않아 쓰지 못하고 있다가 이번에는 큰 병원에서 정밀한 검사를 거쳐 보청기능이 확실한 것을 맞추어보려는 큰 기대를 걸고 불편을 무릅쓰고 찾아갔던 것이다.

귓구멍 두 쪽만 들여다보는데 혈액검사, 흉곽 엑스레이검사를 비롯해 별의별 검사를 수도 없이 받으란다. 그렇게 몇 시간을 여기저기 끌려 다니다가 인내심이 바닥난 시점에 이르러서야 겨우 귀 전문의를 만날 수가 있었다.

담당 귀 전문의사가 별로 볼 것도 없는 귓구멍을 불빛 비춰 살펴보더니, 무슨 말을 듣고 싶은 환자에겐 묵묵부답이다.

귀는 아직 쓸 만하니 걱정 말라든가, 아니면 이제 폐물이 되었으니 포기하라든가 하는 등 소견을 일러주어야 오랜 시간을 기다리고 있던 환자의 궁금증이 다소나마 가실 뿐만 아니라 기다림의 보람이라도 있을 터인데, 이렇다 저렇다 말은 한마디도 없이 한다는 말이 "제가 의사생활 20년에 처음 보는 이상한 귀를 가지셨네요. 핫하하하." 그런 경박한 언동만 싱겁게 내뱉으면서 웃음꼬리를 내려놓지 않는다. 그러면서 보청기 전문 실에 가보라고 일러준다. 그것으로 자기의 소임을 끝마칠 요량인 것 같았다.

숱한 검사와 지루한 기다림의 시간을 싱겁게 허비한 결과라는 생각이 마음속에 스미어 매우 언짢았지만, 그만 꾹 참았다.

보청기 전문실 문 밖에서 또 한 시간을 기다려서 겨우 들어갔더니 하얀 가운을 입은 의사인지, 아니면 보청기 장사꾼인지 하는 자가 전문의와 마찬가지 방법으로 귓속을 또 들여다본다. 보고 나서 한다는 말이 "선생님의 왼쪽 귀가 참 별나게 생기셨네요. 크큭." 하더니 "귓구멍 속이 위로 언덕져 있는 것이…크크크." 하고 히득거리며 웃음을 멈추지 못한다.

아침부터 하루 종일 참고 기다린 사람의 기분 같은 것은 아랑곳없이 너무 쉽게 헛소리만 내뱉는다.

신라 경문왕의 귀가 매우 우스꽝스럽게 생겼다. 복두장(幞頭匠)이는 임금님 귀의 이상스런 비밀을 발설하지 못하고 참고 참다가 대숲에 들어가서 '임금님 귀는 당나귀 귀다' 하고 크게 외치고 '아! 시원하다' 하는 말 한마디를 남기고 죽었다고 한다.

죽을지언정 속에 담아둔 비밀스런 일은 토해내야 한다. 그렇지 않고 속에 품고 있으면 응어리가 생기면서 병으로 번지게 된다.

그와 같이 참으면 안 되는 말을 요즘의 의사가 무엇이 두려워서 가슴속에 감춰두겠는가 싶기는 하다만, 그러나 환자를 마주하고 있는 의사가 서슴없이 함부로 지껄이는 태도는 삼가야 할 예의일 것이다.

아산병원에서 그런 놀림말이 따라붙은 귀 종합검사의 결과는 먼저의 경우와 마찬가지로 제 기능을 발하지 못했고, '이상한 귀를 가진 노인'이라는 혹만 더 붙였을 뿐, 가장 값비싼 보청기임에도 불구하고 결국 무용지물이 되고 말았다.

내가 태어날 때부터 왼쪽 귓불에 귀걸이를 한 자국처럼 겉으로 구멍이 나있다. 그래서 "귀가 짝짝."이라며 늘 놀림을 받았고, 그런 상태로 지금껏 살아오고 있다. 그렇다고 실망하거나 창피하다는 생각을 해본 적이 없었다. 거울을 들여다보지 않고는 볼 수 없는 흉터라서 신경 쓰는 일이 별로 없어서였다. 그랬는데 이번에는 귓구멍 속까지 이상하다지 않는가?

소리를 전달 받는 나팔의 통로가 상향굴절로 형성되어 있으니, 들려오는 소리가 직행하지 못하고 바람 새는 낡은 호른처럼 한바퀴 돌아서 깨어진 소리로 울려야 하니, 가청도가 그만큼 떨어질 것이다.

  귓불에 있는 흉터야 있거나 말거나 별 지장이 없을 것이나, 귓속의 이상형상은 어쩌겠는가? 성형수술 대상도 아닐 것 같고….

바람 새는 낡은 호른

形耳最怪 형이최괴

가장 이상한 귀

耳垂半鑿人嘲弄 이수반착인조롱
聲道成丘上向奇 성도성구상향기
表裏無辜何變怪 표리무고하변괴
嗚呼胎病莫勞治 오호태병막로치

귓불 반이 뚫렸다고 놀림 받더니
위로 언덕진 이상한 귓구멍이라네
지은 죄 없이 어찌 안팎 다 괴이한고?
오호라, 배냇병이려니 애쓰지 마세나.

장하의 폭서로 생긴 녹조섬

지구가 너무 빠른 속도로 더워지고 있다. 따라서 지구 표면에 이상현상이 매우 잦아졌다.

2018,9년도의 여름폭서는 너무 오래 지속되었다.

섭씨 3,40도를 오르내리는 양평지역 무더위는 한 달 넘게 이어졌다. 노약자나 병약한 사람이 죽어나가기에 알맞을 괴로운 무더위를 장기간에 걸쳐 겪어야 했다.

수십 년 전, 습기 찬 무더위를 식혀줄 만한 어떤 장치가 변변히 없었던 당시, 한여름이 되면 여기저기에서 더위에 죽었다는 신문보도가 끊이질 않았다.

그런가 하면 인도에서는 섭씨 영상 2,3도에서 동사자가 나왔다는 보도도 그 옛날에 자주 들려왔다. 세상 모든 생물의 적응도는 각기 나름대로 다 갖추어져 있는바, 준비 없는 가운데 어느 날 갑자기 다가오는 이변은 이겨내기가 여간 어려운 것이 아니다.

강우량도 적었고 무더위만 계속 기승을 부리더니, 어느새 양평강의 강심 언저리에 푸른 녹조가 생기기 시작했다.

비만 한번 시원하게 내리면 금방 떠내려가겠지 하고 살펴보아도, 녹조는 제자리를 굳건히 지키고 있었다.

가을 태풍이 벌써 몇 차례나 지났는데도 양평강의 녹조는 사라지지 않고, 오히려 성초(成草)로 변해 강물 밑 모래바닥에 뿌리를 내리면서 푸른 섬이 되어 굳건히 버티고 떠있었다.

가을 매미마저 소리를 멈추고 풀벌레가 우는 늦가을, 수양버들잎이 누렇게 색을 바꿔었어도 녹조는 걷힐 생각조차 하지 않고, 녹조 사이사이를 물고기가 꼬리를 치고 물을 튀기는 가운데 오리는 떼를 지어 자맥질을 즐기고 있었다.

그렇게 꺼질 줄 모르던 녹조가 소한·대한을 거치고 영하의 추위에 사람들이 움츠릴 무렵의 어느 날, 양평대교를 도보로 건너면서 다리 밑의 예의 녹조를 다시 굽어보았더니, 언제 어디로 떠내려갔는지 보이지 않고, 수초 위에 방금 싸놓은 개구리 알처럼 희뿌연 풀뿌리만 엉성하게 흐느적거리고 있었다.

그 녹조 섬은 아마도 뗏목처럼 떠내려가다가 팔당댐에 막혀 그곳 어디엔가 배회하고 있지나 않을지 궁금증이 가시지 않는다.

水中島嶼綠藻 수중도서녹조

수중에 생긴 녹조섬

楊江浮嶼靑魁顯 양강부서청괴현
長夏炎天固着根 장하염천고착근
鯉鯽映輝何必躍 이즉영휘하필약
鴨群涵泳餌眈捫 압군함영이탐문

양평강에 떠오른 녹조 섬이 짙푸르더니
장하의 뙤약볕에 단단히 뿌리를 박았네
잉어 붕어 반짝이며 무슨 일로 뛰는고?
오리 떼가 자맥질하며 눈알을 굴리거늘.

결혼기피는
조물주의 조화인가?

요즘 세상의 모양새가 영 이상하게 돌아가고 있다.

장가들기도 시집가기도 주저주저하고 있다. 남녀 간에 종종 사고치는 것을 보면 애정 감정이 고갈되었다든가 사랑을 몰라서 그런 것은 아닌 것 같은데, 아무튼 이상하게 돌아가고 있다.

내가 젊었을 시절만 하더라도 남자 20세면 떡두꺼비 같은 아들 하나는 낳아야 한다고들 했었다. 그러한 시절에 시집 장가는 20대를 넘기지 않았고, 20고개를 넘으면 노총각이니 노처녀니 하며 어른들의 걱정이 이만저만이 아니었다.

내가 28세에 늦장가를 들었는데, 그때 친구들 대개가 자식들이 주렁주렁 달려 있었다.

나의 직장동료 한 사람은 나이 40에 딸만 아홉을 낳았다. 그 마지막 딸의 이름이 구소(九笑)였다. 아홉 번째 낳은 자식이 또 딸이어서 하도 어이없고 기가 차서 "허어어! 하늘도 무심하시지. 아! 하하하." 하며 가슴 저리는 얼굴을 하늘에 대고 껄껄 웃었다는 것이다. 그것이 아홉 번째 딸아이의 이름으로 굳어져 버렸단다.

딸 셋만 낳았어도 행복이 넘친다

1960년대에 국가에서 인구조절 정책으로 산아 제한운동을 벌였다. 나도 거기에 동참하여 딸 셋만으로 만족하고 정관수술을 시술했고, 국가에서 주는 쇠고기 한 근 값도 받아가지고 왔다.

그런데 요즘 이상한 일이 보편화되고 있다. 결혼을 전제로 하지 않는 조건으로 동거생활을 하다가 권태기를 이겨내지 못하면 '우리 헤어지자'는 간단한 말 한마디로 없었던 일로 치부해 버리고, 권태기를 슬기롭게 잘 넘기면 그때에야 결혼이 성립되는 모양이다.

그러니 아이를 낳고 싶은 마음이 없어질 뿐만 아니라 아이를 갖고 싶어도 이미 때를 놓친 나이에 이르게 될 것은 자명한 일이다. '무자식이 상팔자'라는 말이 있기는 한다지만, 그런 것과는 어의(語義)가 근본부터 다르다.

더욱이 애초부터 평생을 함께 살아야 할 동반자로도 여기지 않았으니, 남녀 간의 깊은 애정이 있을 리가 없을 터이므로, 인간본성이 사라져 사회는 자연 각박해질 수밖에 없을 것이다.

　그럼에도 과학의 무한 발전에 길들여져 그 과학 속에서 즐거움을 찾으려 하고, 오로지 돈에 의한 행복만을 추구하려는 그릇된 사고가 팽배해가고 있는 것이 오늘의 현실이다.

　이와 같은 기이한 현상이 지구상의 대부분의 나라들이 한결같이 길들여져 이미 되돌릴 수 없는 세계적인 추세로 흐르고 있는 것 같다.

　후손 없이 저 혼자만의 행복을 백살까지 이어가려는 불합리하고 위험한 사고가 머릿속 깊숙이 뿌리를 내리고 있는 현상은 분명 조물주에 도전하는 인간의 오만이 갈 데까지 가고 있는 것이요, 생산의 기피 현상은 심히 우려하지 않을 수 없는 수준에 이르렀다 아니할 수가 없다.

　이러한 현상이 지속된다면 머지않아 공룡이 사라지듯 사람이라는 한 종(種)이 소멸되지나 않을까 염려하지 않을 수가 없다.

　'천벌'이라는 말을 많이 들어왔다. 즉 조물주의 뜻에 맞서다가 조물주에 의해 벌을 받는 것을 뜻한다. 소위 하늘이 내리는 벌이다.

　과학이 도를 넘어서고 있는 데다가 지구상에 사람이라는 종이 넘쳐나서 자연질서를 파괴하고 궤도를 벗어나는 위기를 맞이하는 것 같다는 조짐을 조물주가 진작에 알고 있는지 모르겠다.

사람이 지구라는 그릇을 넘쳐나니 솎아내려는 조물주의 의도로 '노아의 방주' 건조작업이 시작되고 있는 것은 아닌지 의문스럽다. 노아시대 사람의 수효가 지금의 천분의 일도 채 미치지 못했을 것이니 말이다.

세계 총 인구수가 75억명(2017년도 통계)이라고 하니, 지구상의 인간 허용기준을 이미 묵과할 수 없을 정도로 초과하였다고 조물주의 셈법으로는 그럴 것 같다.

로마의 교황은 알고 있을지?

그러나 참새의 머리로 한번 날면 8만리를 난다는 붕새의 큰 뜻을 헤아릴 수 없듯이, 아무리 교황이라 한들 피조물에 불과한 사람이 조물주의 뜻을 어찌 알겠는가 싶기도 하다.

인간이라는 종(種)이 사라진다면?

단구(短軀)의 애로

　내게 남자형제가 넷인데 나만 작다. 체구가 왜소하다 보니 어떤 곳에서든지 함께 모이는 장소에서는 맨 앞줄에 늘 세워놓는다.

　그것은 어디까지나 인권유린 같은 것이 아닌 질서유지를 위해 관리 상 그렇게 하지 않을 수가 없어서였을 것이니, 별로 기분 나쁘게 여기지는 않았다.

　그렇다고 선천적인 단구도 아니요, 나보다 더 작은 사람도 쌔고 쌨다.

　통치자나 걸출한 인물 중에도 단구가 허다하다.

　프랑스의 나폴레옹 황제를 비롯하여 박정희 대통령, 중국의 등소평 그리고 연예인 송해 등등 이루 헤아릴 수없이 많다. 그런 인물에 비하면 나는 엄청 큰 편에 속한다.

　그런데도 창피하다는 생각이 늘 따라붙는 편이었다.

좋은 영화가 개봉되면 극장이 미어진다. 퇴근하고 찾아가면 표는 이미 다 매진이다. 암표를 살 형편도 못되고 해서 거의 입석을 산다.

극장 안 양쪽 좌석 옆구리는 일찌감치 꽉 들어차서 빈 공간이 없고, 맨 뒤쪽의 다소 넓은 공간을 비비고 들어간다. 그곳이 영사기가 돌아가는 시끄러운 소리가 귀에 거슬리는 영사실 벽 앞이다. 그런데도 입석 관람객으로 빽빽하다.

그러다 보니 나 같은 단구에게 허용되는 자리가 있을 리가 없다. 발 디딜 틈조차 허용되지 않는 비좁은 장소에서 내 발보다 두 배나 큰 광나는 구두를 실수로 혹여 밟았다가는 무슨 변을 치를지 몰라 여간 조심스런 게 아니다.

그런 입석의 앞자리를 누구도 양보해 줄 리가 없다. 나같이 키가 작은 사람은 가운데에 끼어 앞 사람의 뒤통수를 피하면서 발레 하듯이 뒤꿈치를 들고 장장 세 시간을 서서 보아야 한다.

그것은 영화 감상이 아니라 엄청난 고역이다. 당연히 영화의 반도 채 못보고 피곤에 녹작지근해진 몸으로 나와야 하기에 거의 허탕치고 돌아온다. 그래서 같은 영화를 두번 세번은 거듭 봐야 했다. 그럴 바에는 차라리 요지경 속 그림을 들여다보는 편이 나을지 모르지만, 개봉영화가 요지경 속에 들어있을 리가 만무하다.

출퇴근 시간에 버스나 전철을 타려면 차장이 차 안으로 힘껏 밀어 넣는다. 수레에 실은 보리자루를 밀어 넣듯이 있는 힘을 다한다. 그렇게 밀려 들어가면 키가 작은 사람은 괴로운 표정을 지으며 사람 숲에 끼어서 숨이 딱 막힐 지경이다.

천정에 매달린 손잡이가 키 작은 내 차지로 올 리가 없다. 그러면 차가 흔들릴 때마다 이리저리 떠밀려 쏠린다. 그럴 때면 손잡이를 잡은 사람이 귀찮다고 민망스럽게 흘겨보는 일이 적지 않았다.

여자가 밀려오면 별 내색 없이 밀려오는 대로 표정도 부드러이 받아들이는데, 어찌 차별 받는지 알 것 같으면서도 당하는 나는 울화가 치밀지 않을 수가 없었다. 그런 것들 모두가 키가 작음으로써 생기는 애로사항이었다.

좋은 점이 없는 것도 아니었다.

전쟁 때는 체구의 표면적이 적어서 총알도, 날카로운 포탄 파편도 나를 피해갔고, 하늘에서 비가 억수같이 쏟아질 때엔 우산에 가려지는 효과가 훨씬 높아서 좋았다.

이런저런 일로 단구라 하여 창피하다거나 비관하거나 할 필요는 없을 것 같다. 그저

　　　청산은 나를 보고 말 없이 살라 하고
　　　창공은 나를 보고 티 없이 살라하네
　　　성냄도 벗어놓고 탐욕도 벗어놓고

물같이 바람같이 살다가 가라 하네.

라는 나옹선사의 시에 한 구절을 더하여

설움도 벗어놓고 생긴 대로 살다가 가라 하네.

이렇게 읊으면서 사는 데까지 살다가 가라고 할 때에 가면 되는 것이 아닐까 싶다.

나옹선사의 시 – 靑山兮 (저자의 작품)

탁월한 직능과 재치

양평 강남에 시설 좋은 신축 아파트가 세워졌다. 나도 그 한 자리에 입주하고 보니 아파트가 마음에 쏙 들었다. 집은 물론 내 집이지만 넓은 아파트 정원이 다 내 집 마당이다. 그런 마음으로 거닐다 보니 애착은 더욱 컸다.

아파트 한 편에 쉼터로 마련해 놓은 팔각정 정자가 세워져 있고, 정자 둘레에 연못까지 만들어 분수로 물을 뿜어 올려 연못물은 치런치런 맑았다. 밤 조명이 밝은 시간에 오작교에 올라 밑을 내려다보면 은하수가 흐른다. 은하수엔 별빛이 방울방울 부서지며 반짝였다.

현대성우아파트 정자 취송정과 둘레의 연못

때마침 칠석이라 칠석에 어울리는 한시 한 수를 지어서 붓을
들어 글씨 쓰고 서각으로 치장하여 정자 안에 걸었다. 내친김
에 정자 현판을 '취송정(翠松亭―푸른 소나무에 가려 있는 정
자)'이라 이름 지어 쓰고, 새겨서, 다른 작품과 함께 네 점을 어
울리게 걸었다.

정자는 속이 비어있던 때와는 확연히 격이 달라졌고, 문화가
있는 선비촌에 세워진 정자로 탈바꿈되었다. 물론 관리소장과
의논하여 허락을 받았고, 관리소장은 고맙다는 말을 잊지 않
았다.

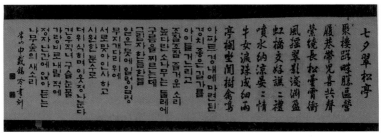

정자 안의 시판 – 칠석 취송정 (저자의 작품)

그렇게 치장한 지 몇 달이 흐른 2011년 3월, 내 큰손자가 하
버드대학 로스쿨에 합격했다는 연락을 받았다. 관리소장은
"이건 우리 아파트 값이 오를 징조이니 플래카드를 걸어야 되
겠어요." 하면서 아파트 입구에 긴 플래카드를 걸어놓았다. 차
를 타고 달리는 사람들이 다 볼 수 있게 걸어 놓아 며칠이 지나
면서부터 기분 좋은 축하의 전화가 끊이지 않았다.

그때만 해도 아파트 분양이 덜 되었고, 매수인의 입주도 미루고 있는 형편이어서, 아파트의 상당 부분이 비어있을 무렵이었다.

 아파트 입주 초창기의 관리소를 박순복 소장이 맡고 있었다. 하버드 법대 합격소식이 순간 박 소장의 머리를 스쳤던 것이다. 그것은 기발하고 특출한 재치였고, 다가올 앞날까지 내다보는 지혜였다.

 이참에 아파트 홍보를 겸하여 내외에 알려서 아파트의 위상을 높이고 싶었고, 가급적 사회활동이 고상한 입주자를 유치하려는 관리소장의 기발한 직무 능력이었다. 이 작은 일 하나만으로도 최대한 활용하여 입주 효과에 기여하고 싶었던 것이다. 그것은 주어진 업무를 초월한 성실함의 결과라 아니할 수가 없다.

 그런 것 말고도 새로 입주한 주민들의 입주 처리부터 복잡한 아파트 관리 업무까지의 모든 일처리를 능숙하고 오달진 솜씨로 야무지게 잘 하여, 입주민들로부터 많은 호평과 사랑을 한 몸에 받았었다.

 사람이 살아가면서 어차피 할 일이라면 몸을 사리지 말고 주어진 일에 헌신해야 한다. 그것이 사람 사는 방법이며, 심성이며, 덕성이다. 그것을 그는 일찍부터 터득하여 실행에 옮기고 있었다.

그런 그가 멀리 제주도에까지 건너가서 같은 일을 한다고 하니, 그곳 주민의 복이라 아니할 수가 없다.

원지에서 외로움이야 어찌 없겠는가마는, 지닌 성품이 그와 같이 해맑고 성실하니, 어디로 가든지 칭찬 받으며 잘 해나갈 것으로 믿어진다.

그곳 사람들이 박 소장을 만나 모든 입주민이 순복(順福)을 누릴 것이라 여기며, 지난날 함께하였던 현대성우 1단지 입주민들과 함께 찬사를 보내는 바이다.

아파트 입구에 걸린 플래카드

보리건빵

건빵은 원래 군사용 비상식품이었다.

원통리에서의 치열한 전투에서 우리 부대원들이 뿔뿔이 흩어져 후퇴하고 있었다. 산을 넘고 계곡 넘어 보병부대 패잔병들 틈에 끼어 횡성의 본대를 찾아 한없이 걷던 이틀째 되던 저물녘이었다.

물기에 질척거리는 비탈진 길에 건빵 두 개가 떨어져 있었다. 그 건빵의 크기가 보통의 세 배는 더 커 보였다. 순간 여러 개의 손이 한꺼번에 아래로 내리닫는다. 물에 분 건빵은 물로 변해 녹아버렸다.

전쟁터의 건빵은 그냥 먹어도 맛있었고, 구워 먹으면 더 맛있었다. 파열된 포탄의 두꺼운 파편 쪼가리를 주워서 불에 올려 구우면 제과점에서 금방 구워낸 것처럼 엄청 맛이 좋았다. 그런 용도의 먹을거리가 건빵이다.

면사무소에서 경로당에 쌀을 몇 포대씩 보내주더니, 이번에는 보리건빵 몇 박스를 또 보내왔다.

보내주는 쌀은 가래떡을 만들어 나누어 먹고, 덤으로 주는 건빵도 고마운 얼굴로 다소곳이 받아 몇 봉지씩 나누어 간다. 그 건빵이 보리건빵이다. 보리의 몸값이 상상 외로 치솟게 올라서 경로하는 뜻을 담아 더 귀한 것을 보내주는 것 같다.

관악산 삼막사 부근에 천막 치고 막걸리 한 사발에 보리밥을 비벼 먹는 곳이 있었고, 부산 자갈치시장 길 건너편에 보리밥 집이 있어 사람들이 들끓었다.

한세월 전엔 가난한 사람만 먹던 하찮은 보리밥이었었는데, 작금에는 귀한 음식으로 바뀌어버렸다. 참으로 격세지감이 일지 않을 수가 없다.

군것질로 안성맞춤인 소박한 간식거리. 지금은 부자가 더 즐기는 음식으로 탈바꿈하다 보니, 경로당의 오후 시간을 그것으로 메운다.

경로하는 마음을 담아 보내주는 덕기가 담긴 특별한 보리건빵. 건빵처럼 소박한 행복으로 바꾸어 남은 생을 그렇게 보내라는 뜻으로 받아들이고 싶다.

보리건빵 봉지

가래떡

경로당에 쌀이 아직 남았는데, 또 보내왔다. 마음 써 보내준 쌀이니 먹기는 먹어야 하는데, 누가 선뜻 밥을 지으려고 나서지 못한다.

밥 짓는 일이야 별 어려울 것이 없어도, 반찬 만드는 일이 노인들에게는 심적으로나 신체적으로나 수고로워 부담이 된다. 그렇더라도 경로하는 뜻으로 고맙게 보내주는 귀한 쌀을 함부로 허비할 수가 없어서, 한 달에 몇 번은 한데 모여 술과 안주를 곁들여 밥을 지어 먹으면서 희희낙락한다.

그래도 쌀이 남아돌 때가 잦다. 쑥이 나는 계절에는 쑥을 캐어 쑥떡을 만들고, 그렇지 못할 때는 그냥 흰 가래떡을 만들어 노인회원들이 한 봉지씩 나누어 가면, 그것으로 흡족해 한다.

노인회원 중에 최고령에 속하는 우리 집 할머니도 가래떡 한

봉지를 나누어 가지고 온다. 그 가래떡을 나누어가지고 올 때까지는 좋은데, 그 다음이 걱정이다.

노령으로 인생의 벼랑 끝에 선 늙다리가 되고 보니, 소화기관에 부담이 되기도 하여, 긴 떡가래를 조청에 찍어 먹을 수도 없다. 그러니 어차피 떡국을 끓여야 그나마 먹을 수가 있다.

떡국을 만들자면 여러 가지 절차를 겪어야 하는데, 그 첫째가 떡 써는 일이다.

조선 선조 시대의 명필이었던 한석봉(石峯 韓濩)을 키워낸 그의 어머니의 일화가 있다.

한석봉의 어머니는 등잔불을 끄고 어둠 속에서 떡을 썰면서 아들 석봉에게 글씨를 쓰게 했다.

"내가 써는 떡에 두께의 차이가 나지 않고 일정할 터이니, 네가 쓴 글씨에 삐뚤거리거나 엇나감이 있어서는 아니 되느니라."고 하면서 매일같이 글씨쓰기에 힘쓰게 하여, 결국 후세에 이름을 남기는 명필로 키웠다고 한다. (한석봉은 왕희지와 안진경의 서첩을 익혀 추사 김정희와 쌍벽을 이루는 서예 대가가 되었다)

이와 같이 석봉 어머니가 하는 일을 내가 못하랴 싶기도 하고, 어차피 내 몫으로 돌아온 일이라면 끝내주게 한번 해보겠다는 생각에 팔을 걷어붙이고 나섰다.

저자의 휘필 모습

무슨 일이든 하려고 하면 준비가 우선이다. 그래서 우선 칼을 예리하게 갈고, 흰 장갑을 찾아서 끼었다. 그러고 칼자루가 미끄러지지 않게 장갑 낀 손바닥에 약간의 물을 묻히고 다부지게 칼을 잡아 도마 위에 올려놓았다. 가급적 얇고 정확하게 썰려고 마음먹었다. 그까짓 일은 일도 아니라고 쉽게 생각했다.

그랬는데 그것이 생각보다 쉽지 않았다. 고질화된 허리 통증이 엄살처럼 끊어질듯 아팠고, 손목은 힘이 빠져 시큰거리면서 미끄러져, 예리하게 갈아놓은 칼이 힘 빠진 손에서 이탈하려고 하였다.

아직도 몇 가락이나 남았나 하고 자꾸만 가래떡 그릇을 들여다보는데, 영 줄어들 줄 모른다. 속에서는 발설할 수 없는 언짢은 불평이 쏟아져 나온다.

"반만 받아가지고 오지, 준다고 다 받아가지고 와서는 에이!
중얼중얼."

그런 가운데 겨우 일을 마쳤다. 장갑을 끼었는데도 손톱 위
에 칼자리가 톱날처럼 날카로워져 있었다.

전문가가 아닌 이상 서투른 남자가 할 일이 못된다고 여기지
않을 수가 없었다.

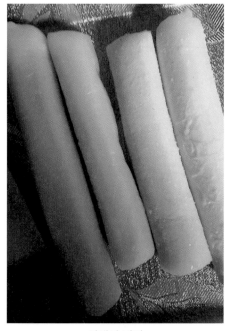

가래떡 가락

치매에 노출된 잔생

4

꿈에 본 증손자

손자가 결혼은 했건만

손자손녀 다섯 중 넷이 이미 30세를 넘겼고, 막내 하나만 30세를 바라보고 있다. 30세를 넘은 손자손녀 들 모두가 차일피일 결혼을 미루고 있다가, 다행히 둘째가 연전에 겨우 장가들었다. 손자며느리는 명가의 자손답게 찬찬하고 얌전하여 나무랄 데 없는 부덕을 갖추었다. 부부가 함께 맞벌이를 해야 하는 시대다 보니, 아이 낳기를 미루고 있는 것 같다.

사람이 늙으면 따라다니는 말이 있다. "내가 살면 얼마나 살겠냐?" 과연 그렇다.

"죽기 전에 증손자 하나 보았으면…." 하고 넋두리를 했더니, 금슬 좋은 손자와 며느리가 시원스럽게 "노력해 볼게요, 할아버지." 하였다. 진짜로 노력하고 있는지는 지켜봐야겠지만….

며칠 전이었다. 수면제가 제 기능을 다하고 깨어날 무렵, 비몽사몽 간에 얼마 전에 노력해 보겠다던 손자며느리가 해산했다면서 건강하게 잘생긴 아기를 보여준다. 슬기와 재주가 뛰어난 기린아(麒麟兒)의 상으로 떠올라 보였다. 내 증손이라서가 아니라 꿈속에 비쳐진 인상이 그러했다.

아기는 어미에게 기어갔다가 얼굴을 반짝 쳐들고 내게도 와 주었다. 오물거리는 작은 입은 물속에서 방금 건져낸 것처럼 탱글탱글 촉촉했고, 눈은 크고 해맑았다. 너무 귀여웠다. 내 눈에는 분명 두남재(斗南才)로 보였다. 제 할애비를 쏙 빼어 닮은 것 같기도 하다가, 제 할미를 닮은 것 같기도 하더니, 제 아비도 어미도 다 닮아 보였다.

가든하다 정원에서

나는 내게 다가온 아기를 안아 번쩍 들어 올렸다. 그와 같은 행동은 귀여움의 최상의 표현이다. 옛날 내 아이들을 그렇게 했듯이….

그 순간 겁기에 찬 어미의 큰 눈과 마주쳤다. 그것이 새끼를 감싸고자 하는 어미의 방어자세요, 모정의 순간적 발동이다. 모처럼의 꿈은 여지없이 깨이지고 말았다.

매우 아쉽기는 했어도 흐뭇한 마음은 쉬이 사라지지 않았다. "이것이 실제 상황이었으면." 하고 뇌까리기를 거듭했다.

夢裏曾孫弄 몽리증손롱
꿈속의 증손자

或翁誇示能曾祖 혹옹과시능증조
贏我懇求夢裏孩 이아간구몽리해
仰面笑匍來自抱 앙면소포내자포
兩肩揭擧惜醒佪 양견게거석성회

어떤 노인 증손 봤다며 자랑하는데
팍 간 늙은 나는 꿈속에서 보았네
얼굴 들고 웃음 지며 품속에 안기기로
번쩍 치켜들다 아까워라 꿈 깨어 어정거렸네.

잔생(殘生)의 애환

　나이 끝이 턱밑에 이른 사람에게 벗이거나 다른 노인의 부고가 들려오면 으레 하는 말이 있다. "나도 이제 살 만큼 살았으니 그만 가야 할 텐데…." 하고 여운을 남기면, 또 다른 노인이 "그러게나 말이여." 하고 맞장구 친다.

　그런 노인들이 노인병이거나, 골절이거나, 무슨 다른 질병 등으로 시달리면 위로 차 병문안도 간다. 당사자는 또 같은 소리로 "얼른 죽어야지, 이 고생 좀 덜겠는데…." 라고 한숨 섞인 말을 들으라는 뜻으로 입버릇처럼 한다.

　그러면서도 병원에서 주는 약은 어김없이 꼬박꼬박 다 챙겨 먹는다. 어찌어찌 하다가 미끈거리기라도 하면 "아이고 죽을 뻔했네."라는 말이 저절로 새어나온다. 지금 당장은 결코 죽을 수가 없다는 마음이 무의식 중에 새어나오는 것이다.

　그러니 죽어야 하겠다는 말도 사실이고, 오래 살아야 하겠다는 말 또한 사실이다. 그것을 놓고 시비할 거리가 못된다.

지구상의 모든 생물이 주어진 생명을 끈질기게 유지하려고 몸부림친다. 그것은 자연의 섭리로 천년된 거목이거나 하잘것 없는 잡초라 할지라도 다르지 않다.

인간사회에서 지탱할 수 없는 고통을 견디다가 인내의 도를 넘으면 자기 스스로 생명을 끊어버리는 경우가 의외로 많이 있다. 오직 인간만은 개념을 파악하고 사유(思惟)하는 지적 능력을 지니고 있기 때문이다.

그렇게 자결하는 사람도 오래 살고 싶지 않은 것은 아니다. 다만 살아남을 힘이 다했다고 스스로 지레 판단했기 때문인 것이다.

세계보건기구가 발표한 기대수명을 보았다.

경제수준이나 대기오염 등 여러 가지 요인으로 다소의 차이는 있지만 대략 84~86세까지의 장수를 기대하고 있는 것으로 나타났다.

좀 더 구체적으로 살펴보면, 일본과 싱가포르 정도의 나라는 86세를 조금 넘는 기대수명을 나타냈고, 스위스 · 스페인 · 프랑스 그리고 우리 한국 등 몇몇 나라에서는 85세의 기대수명을 넘고 있는데, 북한은 우리와 같은 민족이면서도 경제적 열세 때문인지 남한보다 무려 11세나 적은 74세의 기대수명에 불과했다. 매우 불행한 일이라 아니할 수가 없다.

그렇다면 나는 이미 우리나라 사람의 기대수명 기준을 5년이나 덤으로 더 살고 있는 셈이니, 이제 간다고 해서 불행할 것도 없다.

그래서 진작에 영정사진도 찍어놓았고, 보험공단을 찾아가서 '연명치료중단동의서'를 제출한 바도 있다. 이와 같이 혼자만의 준비도, 마음의 준비도 이미 다 해놓고 있다.

수면장애니 변비니 하는 것 말고도 눈가엔 눈물이 흐르고, 귀가 안 들리고, 허리는 24시간 쉬지 않고 끊어지는 것처럼 아프다.

이런저런 일들을 겪다 보면 사는 것이 짜증도 나고, 귀찮기도 하여 여간 힘들고 지루한 것이 아니다.

이 답답증이 조금이나마 치유될까 싶어서 틈틈이 책 한쪽씩 써나가는 것을 나 자신의 마지막 치료 방법으로, 또한 재미로 여기고 일상처럼 해오고 있다.

지금으로부터 한 십여년 전이었다. "형님, 책을 좀 써보시지요." 하고 동생 소올이 시동 걸어주었다. 동생이 그렇게 권장하는 데도 염려스러워서 "내가 무슨 수로 책을 써?" 하면서도 그때부터 당장 시도해 보았다. 그렇게 해서 써본 것이 책의 가치 여부를 떠나 그러구러 좋이 17권의 책을 출판했다.

음식은 제 아무리 산해진미라 하더라도 먹고 나면 없어지지만, 책은 출판하면 욕되게나마 한세상을 살고 갔다는 나 자신의 흔적으로 세상 어딘가에 남아 있을 것이다. 그런 생각으로 끊임없이 써 왔고, 지금도 쓰고 있는 것이다.

그러나 이제 눈은 뜨고 있어도 감은 거나 매한가지로 쇠퇴하였고, 기억력은 먹는 일만 빼고 완전 상실 단계에 이르렀으니, 이만 끝을 낼 수밖에 없을 것 같다.

파주출판기념관 내의 서책

殘生哀歡 잔생애환

잔생의 애환

人生望百微罷神 인생망백미파신
終乃窮境鬼界隅 종내궁경귀계우
欲飯指痲匙落數 욕반지마시락삭
作詩昏目筆尖駑 작시혼목필첨노

인생 백세를 바라보니 정신 희미하고 고달파져서
마침내 귀신 소굴의 모퉁이에 이르렀구나
손에는 쥐가 나서 숟가락 떨어뜨리기 일쑤고
시 짓기도 눈 어두워 붓끝이 둔해졌다.

수면제 ✿

내가 밤잠을 자지 못하는 지가 이미 오래되었다. 아마도 병적으로 거기까지 온 것 같은 생각이 든다.

특히 어디에건 가려고 하든가 또는 누구를 만날 일이 있을 때면 설렐 것도 아닌 일에 괜히 한잠도 못 자고 뜬눈으로 밤을 꼬박 새우는, 고질적인 버릇이 있다.

등산을 계획하고 일찍 나서려면, 그 밤을 꼬박 새운다. 그런 상태로 산에 오르면 피로는 두세 배 가중된다. 여행계획에서도 늘 그랬다.

그러더니 늘그막에 이르자 그나마 조금 자던 것조차 허용되지 않는다. 그래서 '졸피드'라는 수면제를 처방받아 먹었는데 얼마 지나고부터 효과가 없어 '졸피드'보다 강도가 더 높은 '할시온'이란 약을 보건소에서 처방 받아 쓰고 있다.

그런데 그것마저도 벌써 내성이 생겼는지 별 효과를 보지 못
해, 보조약을 더 붙여서 처방받아 왔다. 그 최종단계의 수면제
를 챙겨먹은 지금의 밤 시간도 잠을 자지 못하고 이 글을 쓰고
있다. 지금 시간이 밤 3시 20분이다.

　이쯤 되면 심각한 일이다. 이제 마지막 방법으로 정신질환
환자에게나 쓸 강제수면 촉진제 같은 것이 있으면, 그런 것으
로 대체해야 할 때에 이른 것이 아닌가 싶다.

우울증에 정신마저 몽롱해져서

커피 아메리카노

    지금 막 받아본 신문에서 '소비자가 생각하는 아메리카노 커피 가격이 3천 55원'이라는 기사를 희미한 눈으로 들여다보고 있다.

    그리고 소비자가 커피 전문점 1회 방문 시, 평균 이용금액은 5천 원이 23.2%로 가장 많고, 6천 원이 20.7%, 1만 원 초과가 16.3%라고 적혀 있다. 그러니 100명 중의 60명에 해당

강릉 안목항 커피거리

하는 사람이 5천 원 이상의 돈을 주고 커피 한 잔을 마시는 셈이 된다.

1만 원 내외의 밥을 먹고 그렇게 비싼 커피를 꼭 마셔야 식성이 풀리는, 기이한 현상이 작금의 우리나라에 현존하는 사회상이다.

미국 뉴저지에 사는 사근사근한 셋째 누이동생이 조카딸의 결혼식을 겸해서 우리 8남매나 되는 형제자매 모두를 초청해 주었다. 그때에 미국의 남과 북을 두루 구경시켜 주어 그 고마움을 늘 잊지 않고 있다.

2005년도에는 미국에 사는 우리 큰딸과 사위가 "엄마 아버지 우리 집에 와서 푹 쉬었다 가세요." 하며 편안한 좌석의 비행기표를 예약해 주었다.

그 해의 5월 21일부터 총 47일 간을 딸집으로 휴양 차 건너가서 미국의 동서남북을, 한가로운 시간이 별로 없는 바쁜 일정을 머문 일이 있었다.

그렇게 누이동생 내외와 딸과 사위의 배려로 미국의 동서남북을 두루 여행 다니며 맛있는 것 다 먹어가며 호강했다.

그 시절의 미국 식당에서는 자기 집 음식을 먹고 나가는 손님에게 아메리카노 커피를 마음껏 제공하고 있었다. 완전 공짜였다. 나는 "부자나라는 역시 다른 데가 있구나." 했더니 "여기는 그래요." 하고 대수롭지 않다는 듯 사위는 그렇게 대답하고 있었다.

그 후에도 여러 차례 풀방구리에 쥐 드나들 듯이 딸집에 갔었는데, 식당 인심이 점점 달라졌다. 커피는 고사하고 팁만 얹어 주고 나와야 했다. 나는 "식당 인심이 확 달라졌네." 하고 아쉽다는 듯한 말을 중얼거리곤 했다.

지금은 거꾸로 우리나라 인심이 오히려 더 좋아졌다. 대부분의 음식점에서는 음식을 먹고 나오는 손님에게 반드시 커피 한 잔은 공짜로 제공된다. 그것이 오늘날 우리나라의 현실로 바뀌어졌다. 옛날에는 가마솥 숭늉을 으레 그렇게 주었다.

그런데 그렇지 않은 곳도 더러 있다. 다소 잘 나가는 음식점에서 밥 한 끼를 먹고 나면 대나무 이쑤시개 하나를 들고 나오는 것으로 끝나는 경우도 꽤나 많다. 그런 집에서는 종업원이 밀랍인형 같은 웃음을 띠며 계산대에 와서 계산만 하면 그것으로 그만이다.

그윽한 오지 마을의 커피점이나 시가지의 커피 전문점에 들어서면 믹스커피만 빠진 여러 종류의 커피를 골라 마셔야 한다.

그것도 비싼 값의 돈을 주고 한참을 기다렸다가 차례가 돌아오면 나이 같은 것은 아랑곳없이 자기 스스로 가져다 먹게 하고 있다. 괜히 늙은이인 체하고 거드름 피우고 앉아서 종업원의 시중을 기대했다가는 망신 당하기가 일쑤다.

그런 커피 전문점을 어쩌다 찾아가서 커피를 마시게 되는 경우가 생기면 나는 그 많은 종류를 알지도 못하거니와, 가장 개운한 '아메리카노'만 주문한다.

'아메리카노'는 딸집에 갈 때마다 늘 마셔본 터라 그런 대로 개운한 맛이 느껴져서 별 거부감 없이 마실 만해서다. 그렇기는 하지만 시골 영감이라서인지 시럽이니 설탕을 듬뿍 넣어서 마시는 편이다.

커피 아메리카노

'커피 코리아노'를 아시나요?

내게는 뭐니 뭐니 해도 스틱형 믹스커피가 제일 입에 맞는다. 하루에 몇 잔도 마다하지 않고, 누가 주면 주는 대로 다 마신다. 그 커피가 노인들의 기호에 맞아서 그렇다.

노인들은 몸이 따뜻해야 한다. 몸이 냉하면 여러 가지 질병을 유발할 가능성이 다분하다. 쓴맛은 대개 몸을 차게 한다. 그러니 당연히 쓴맛보다 단맛이 노인들에겐 더 당긴다.

전철역 대합실에서도 커피는 판다. 열차 대기 시간이 지루할 때나 목이 마를 때에 커피 생각이 나면 커피코너에 다가가서 주문하는 경우가 많다. 자판기 커피는 어쩐지 청소 상태를 염려하지 않을 수가 없어 께름한 생각이 들어서다.

그럴 때면 "무슨 커피를 드릴까요?" 하고 가게 주인이 물으면, 얼른 대답이 나오지 않는다. 내 마음속에는 봉지에 든 믹스커피가 자리잡고 있는데 무어라고 표현할 만한 적당한 말이 얼른 떠오르지 않아서다.

　그래서 어물어물하다가 "저… 시골 커피요." 하면 알아듣기는 한다. 그러나 "무슨?" 하고 의아해 하는 커피 가게 주인이 더 많다. 그래서 얼른 나오는 대답이 "저… 코리아노요." 했더니 얼른 알아차렸다.

　세상사람 가운데 가장 맛있게 마시는 커피 두 가지 경우를 가끔씩 생각해 본다.

　그 하나는 미국 서부영화에서 말을 달리다가 깊은 숲속에서 말안장을 베개 삼아 노숙하는 서부의 총잡이들이

진한 커피 주전자

새벽녘에 일어나서 묵직한 구리주전자에 커피를 끓여 양철컵에 따라 마시는, 쓰디쓴 진한 커피가 제일 맛있어 보였다.

　또 한 경우가 있다. 양평 용문을 주무대로 평생을 노숙하는 사람이 있다. 그는 일년 내내 같은 옷을 입고 다니다가 으슥한 공간의 긴 벤치에서 드러눕지도 않고 앉은 채 나무꼬챙이 하나를 들고 잠을 자는 사람이다. 그 꼬챙이의 용도는 자다가 벌레나 뱀 같은 것이 달라붙으면 털어내는 용도로 쓰이는 물건이란다.

　그 사람이 여명의 으스스한 새벽녘에 근처의 자판기에 다가서서 동전 몇 닢을 넣고 커피를 뽑아 마신단다. 그때의 그 커피

맛은 보통사람은 전혀 느낄 수 없는 아주 행복한 맛이라고, 그는 말하고 있었다.

나이 들수록 더 당기는 단맛이 알맞게 들어있는 데다가 구수한 커피향이 짙게 배어있는 노랑봉지에 탱탱하게 담겨진 우리만의 믹스커피.

지금도 그 커피를 마셔가며 이 글을 쓰고 있다. 커피에는 각성 작용과 뇌와 혈관 활동에 도움이 되는 물질이 들어있다는 말을 믿고 싶어서이기도 하다.

믹스 봉지커피 '코리아노'

언젠가 뉴스를 보다가 우리나라 스틱형 믹스커피가 세계적으로 이름나고 있다는 말을 들었다.

한 3,40년 전에 우리나라 동서식품에서 세계 최초로 발명 개발한 스틱형 믹스커피가 그렇게 유명해졌단다.

이것은 믹스커피 개발 제조회사만의 자랑거리를 뛰어넘어 대한민국 전체의 자랑거리이기도 한 것이다.

그렇다면 전세계 사람들이 한가지로 부를 수 있는 대한민국 고유의 명칭이 따로 있어야 할 것 같다는 생각이 든다.

커피의 원산지는 에티오피아인데 아메리카노 커피는 이탈리아 사람들이 붙여준 미국 커피를 지칭하는 이름이란 것이다. 그렇다면 우리도 나름대로 '아메리카노'를 대신할 만한 우리나라 유일의 커피 명칭을 한번 생각해 볼 필요가 있지 않을까 싶다.

我國咖啡茶 아국가배차
우리나라의 커피차

我邦唯作新茶濫 아방유작신다람
四海傳稱欲接親 사해전칭욕접친
氣味香甛多勿慾 기미향첨다물욕
但腔一盞神安鎭 단강일잔신안진

오직 우리나라만의 새로운 커피가 넘쳐나
세계에 전해지자 가까이하려 한다고
맛은 달고 향기로운데 욕심은 내지 말라며
다만 한두 잔만은 정신을 진정시킨다더군.

원탕 온천욕

연륜은 돌고 돌아 90바퀴를 휘감은 나이의 어느 날, 온천욕이 생각나 차를 몰고 가까운 홍천온천장에 나서려고 했다. 얼마 전에도 두어 번 아내를 옆자리에 태우고 온천욕을 하고 돌아온 일이 있어서, 그리 대수롭게 생각지 않고 다녀온 온천장이다.

그래서 가볍게 나서려는데 일러바치기를 끔찍이 좋아하는 할미가 어느새 딸들에게 고해바쳤다. 둘째가 아버지의 운전이 마음 놓이지 않는다며 서둘러 찾아왔다.

'금강산도 식후경'이라는데 점심부터 먹자며 양덕원을 찾았다. 이미 두어 번 다닌 길이라 코스로 고정되어버린 돼지불고기 마을을 향해 한달음에 원조집을 찾았다. 그 집에서 코리아노까지 느긋하게 마시고 이미 익숙해진 온천 길을 향해 서행으로 차를 몰았다.

'원탕'이라는 믿을 만한 호칭에 걸맞지 않게 건물이나 시설물이 옛날에 있었던 동네 목욕탕과 별 차이가 느껴지지 않는, 그런 열악한 온천탕이다. 그래서인지 손님도 별로 없다.

옛날 구로동은 '마누라 없인 살아도 장화 없인 못 산다'는 곳으로서, 온 땅과 길이 질척거렸다. 그런 시절에 내가 구로동에 살았다.

우리 집 옆에 목욕탕이 있었다. 일주일에 한 번씩은 그 목욕탕에 들러 묵은 때를 밀었다. 따끈한 탕 속에 들어가 앉으면 초벌 보리쌀뜨물 같은 걸쭉한 땟국에 언 감자 농말로 수제비를 빚어 넣은 것 같은 희뿌연 때가 동동 떠다녔다.

욕탕 주인은 파란 색의 잠자리채를 긴 대나무작대기에 매달고 연신 때 수제비를 떠내서 욕탕 앞 배수구에 툭툭 털어낸다.

욕탕 속에 들어가 때를 불리고 있으면, 임자 없는 보리밥 먹은 방귀가 방울방울 올라오면서 한참 동안 걸쭉한 김 서린 물 위를 둥둥 떠다니다가, 어느 지점에 이르러 산소와 부딪쳐 자폭하면서 고약한 독가스를 무방비로 방출한다.

그 고약한 냄새를 맡으면서도 아랑곳없이 눈을 지그시 감고 "하나, 둘, 셋, 넷…"을 백까지 마치 육자배기 서편제를 부르듯이 소리 내어 세고 있는, 몸체가 풍신한 사람도 언제나 탕 속에 들어 있었다.

그와 같이 혐오스런 욕탕은 아니라 할지라도, 그런 환경이 연상되는 '원탕'이라는 온천장이었다. 그래서 '원탕'에 몸을 담그는 것으로 만족하고 이내 나온다.

"아버지 괜찮으셨어요?" 하고 딸이 묻기에 "으응." 하고 헛웃음은 지어보였어도, 울진의 응봉산 계곡의 뜨거운 온천수가 아슴푸레 떠올랐다.

하얀 김이 계곡 가득이 솟아오르는 초창기의 덕구온천. 속이 훤히 들여다보이는 갈대울이 쳐진 노천 온천장에 그곳 광부들을 따라 알몸으로 들어갔던 일이 그림처럼 머릿속에 그려진다.

洗身士 세신사

세신사 님

溫泉嗜浴寄除垢 온천기욕기제구
巾者號令怒恥响 건자호령노치구
九十耄年何宇外 구십모년하우외
蟄居除垢勘幽胡 칩거제구감유호

온천욕을 즐기면서 때까지 점잖이 부탁했는데
세신사의 성난 호령 부끄러이 꾸짖는다
구십 노령에 무슨 일로 집 밖에 나섰던고?
집에서나 때를 밀며 깊숙이 죽칠 일이거늘.

－안동온천장에서

노을빛이 사그라질 무렵 ❧

　누가 함께 있는 곳에 마누라가 옆에 있으면 괜히 아첨하는 말
부터 먼저 나온다.
　"나는 누가 보면 내연관계로 오해할까 봐서 손 한번 잡아보
지 못해요." 하며 히죽거린다. 오늘 하루를 편안하게 넘기려는
하책으로 흔히 써먹는 싱거운 말이다.

　집안에 틀어박혀 있을 때면 오전 오후에 한 시간 단위로 엄격
하게 시간을 맞춰 우리 둘만의 엉터리 고스톱을 친다. 그것이
재미가 있건 없건 반드시 치러야 하는 일과로 삶의 일부가 되
어 굳어졌다. 이런 짓은 딱히 할 일이 없어서 무료해하는 아내
의 긴긴 시간을 메워주기 위한 남편으로서의 배려요, 유일한
의무이기도 해서다.
　사람이 늙으면 의지할 곳이 반드시 필요하다.

그러니 무엇이고 트집하지 말아야 하는데, 그렇지가 못하다. 그저 스스럼없이 지내는 가장 가까운 사이라서 할 말은 해도 좋은 줄 알고 트집 잡을 때가 잦다.

그러다 보니 서로 간에 손해 보면서도 부딪치게 되고 허다한 시간을 스트레스에 시달린다. 그러나 그런 것이 인간사려니 하고 넘기면 편할 것 같아 여러 가지 좋은 방법을 모색하기도 하고, 더욱이 만년(晩年)이라는 점을 십분 감안하여 내 딴에는 더욱 노력하는 편이다.

얼마 전까지만 하더라도 기대수명 마감을 햇수로 따졌었는데, 최근에 이르러선 달(月)로 내려갔다가, 다시 일(日)로 곤두박질쳐 내려가고 있다. "간밤에 안녕하셨습니까?" 하던 인사말이 현실이 된 것이다. 생의 막다름에 이른 내 경우가 그렇다는 것이다.

그러니 그동안을 그럭저럭 잘 지낸 셈이다. 그런 숱한 일들 모두가 마음먹기에 따라 행복이라 생각하면 행복이었을 것이고, 언짢게 생각했으면 언짢았을 것이다. 그렇게 간단한 이치를 왜 진작에 생각지 못했을까 싶다.

어쨌든 그런저런 긴 세월을 잘 보내고 있었는데, 어느 날 80 중반의 아내가 누굴 만나야 한다며 아파트 셔틀버스를 타려고 급히 집을 나섰다. 셔틀버스가 다가오는 것이 지척에 보이자 마음이 급해졌다.

급한 걸음에 횡단보도를 건너려는 순간 묵직한 체구를 가누지 못하고 그만 넘어서 내퇴골 윗부분이 바스러지는 액운을 맞이하고 말았다.

원래 잰 체하는 버릇이 다분한 터에 나이 든 생각을 하지 않고 고공에 외줄 타듯 조마조마한 위험을 즐기는 버릇이 여전했던 것도 원인 중의 하나였을 것이다.

고관절 바로 밑 대퇴골 뼈가 바스러졌으니 꼼짝을 못하고 그냥 주저앉아서는, 90 나이에 힘쓸 수 없는 나를 남편이라고 전화로 다급하게 불러낸다.

"아유우, 아유우우! 얼른 차를 가지고 나와요! 아유우, 아유…" 하며 다급하고 경황없는 소리에 허겁지겁 차를 끌고 나갔더니, 꼼짝달싹 못하고 길가 경계석에 걸터앉은 채 "아유우…" 소리만 토해내고 있다.

나 역시 당황한 나머지 119는 생각조차 못하고, 지나가는 사람의 도움을 받아 그 무거운 체구를 있는 힘을 다해 질질 끌어서 겨우겨우 차에 얹어, 병원 응급실로 달려갔다.

참기 어려운 고통을 견뎌가며 재활치료까지의 지긋지긋한 7개월을 병원에서 보내야 했다. 그동안의 아내의 인내력만은 놀랍지 않을 수가 없었다.

장기간의 지루한 고생으로 팽팽하던 피부는 축 늘어졌고, 얼굴은 팍 쭈그러든 상태로 사그랑주머니가 되어 있었다. 마주 바라보고 있는 내가 가슴이 쓰려옴을 떨칠 수가 없었다.

퇴원하고 막내 동생이 정성들여 한약을 계속 지어 보내 잘 챙겨 먹더니, 한 3주 사이에 심신이 편해져 얼굴은 전과 같이 회복되어서, 물에 불린 강낭콩처럼 탱탱해졌다.

장장 7개월을 홀로 집을 지키며 노처의 완치를 노심초사 기다려 왔던 지긋지긋한 나날의 답답증과, 그동안 응결졌던 울화증을 조금이나마 덜어내려고, 지팡이에 의지하여 치악산에 올라 큰 한숨을 몰아쉬었다.

치악산의 3백 년 해로하는 노송

그 등산로 길가에 두 그루가 하나 되어 하늘 끝까지 쭉 뻗어 올라간 금슬 좋은 해로 3백 년의 부부 금강송을 옛날과는 다른 안목으로 다시금 보게 되었다.

비가 온다는 예보가 있더니 산바람에 숲이 일렁이는 소리가 귀를 스치고 있었다. 마치 '한오백년 살자는데…' 하던 민요의 한 소절처럼 한 3백 년은 해로한 것 같은 참말로 금슬 좋은 부부금강송이다 싶은 것이, 심신이 고단한 때에 이르고서야 새로운 눈으로 다시금 볼 수가 있었다.

지난 63년간을 생의 동반자로서의 온갖 사연들을 되새겨보며 혹여 관용보다 편협함이 더 많지 않았을까? 허물만 들추어내어 괴로워하지 않았던가 하는 미안함을 반성해 보는 기회로 여기기도 했다.

그러면서 어느 구석에 그래도 혹시나 흩어져 남아 있을지 모를 행복의 편린들을 찾아 퍼즐 조각을 맞추듯 꿰어 맞추어, 고목에나마 싹을 돋게 하고 싶은 생각을 떠올리며, 아내 있음에 살아왔던 아스라한 지난날을 되새겨본다.

늙바탕의 해로

帶妻搔背 대처소배

등 긁어줄 아내

深壑炊煙香聞善 심학취연향문선
一隅寒陋隱無妨 일우한루은무방
負暄乾藥雲棲老 부훤건약운서로
搔背帶妻晩境祥 소배대처만경상

깊은 골에 밥 짓는 향긋한 냇내
뭐랄 사람 없는 허름한 오두막살이
볕 쬐며 약 말리는 구름에 사는 노인
등 긁어줄 아내 있어 늦복 누리네.

－1986년 4월, 축령산 산막의 노부부

중증결벽증

남들은 나이가 많다 적다를 불문하고 백세 시대라면서 충분히 장수할 수 있겠구나싶은 희망이 충만할 것이다.

그런데 90이 넘은 나는 구규(九竅-몸에 뚫린 아홉 개 구멍)가 성한 데 없이 망가져서 몸이 따라주지 못하니, 심한 고생을 감내하면서 오늘을 연명하고 있다.

그런 와중에 고착화된 결벽증이 심하리만큼 몸에 배어서 어찌하지 못하고 혼자 시달리고 있기도 한다.

결벽증(潔癖症)이라는 용어는 정결하고, 맑고, 조촐한 것이 정도를 넘어 거의 병적으로 심각하다는 뜻의 말일 것이다.

사람이 태어나면서부터 별의별 형태의 습성을 제각기 다 타고난다. 즉 생리적 습성이다. 그 기본 습성은 본능적이며, 육체적이거나 내적인 의식상태의 표출이라서 한평생을 변하지 않고 따라붙는다.

정갈한 강상묵숙 분위기

사소한 일에 얽매임이 없이 대충대충 넘어가는 편한 사람이 있는가 하면, 사사건건 골몰하여 스스로 괴로워하는 사람이 있다. 전자는 주로 태음인에 속한 사람에게서 보이고, 후자는 주로 소음인에 속한 사람에게서 많이 보인다.

외형적으로 어리 짐작하여 감별해볼 때, 태음인 체질을 지닌 사람은 매사에 낙천적인 면이 두드러진다. 그렇게 느긋하니 머리가 베개에 닿기만 하면 어느새 코를 골며 이미 잠들어 있는 편한 사람이다. 그러니 성품이 자연 느긋하고 호걸스러울 수밖에 없다.

그런가 하면 소음인 체질의 사람은 그 반대로 내성적이고 사색적인 면이 다분하기 때문에 잠자리에서까지도 쓸데없는 사색이 많다. 그러니 잠도 잘 이루지 못해 불면증에 시달린다.

이렇듯 각기 지닌 성품이 외형과 무관하지 않다는 것이 참으로 희한한 현상이라 아니할 수가 없다.

　나는 나 스스로를 전형적인 소음인이라고 확정짓고 있다. 그래서 일반적인 소음인보다 더 심한 결벽증까지 지니고 있다는 생각이 든다.

　증(症)이란 병적인 것을 말한다. 일종의 불치병인 셈이다. 남달리 깨끗한 것을 좋아하는 성벽이라서 옆 사람이 보기에 여간 까다로운 것이 아닐 것이다. 사소한 일에 심하리만큼 얽매이는 버릇도 좋은 편은 못된다.

　어쩌다가 여행길에 나설 때면 살피는 곳이 유달리 많아 눈은 핑핑 돈다. 그렇게 보아두었던 것을 어디에 써먹을 곳이 있지나 않을까 싶어, 일일이 적어두고 눈에 담은 것을 기억해 두는 습성이 다분한 편이다.

　9년 전에 '강상묵숙'이라는 서예 공부방을 양평에 차렸다. 집에서 겨우 백보 정도의 거리에 있는 곳이다. 쓰레기를 버리러 갈 때에는 집에서 입던 옷 그대로의 차림으로 나가는 것을, 같은 거리의 묵숙에 나갈 때에는 반드시 소박하나마 의복을 단정하게 차려 입는다.

　그와 같은 행위는 공부방의 격을 높이기 위함이고, 글씨 쓰는 사람의 정신이 흐트러지지 않게 함이다. 내가 모범으로 그렇게 하고 지식층 노인분들이 함께 함으로써, 묵숙인 모두가 따르고 묵숙은 날로 명성이 높아져 위상이 비할 데가 없다.

　옛날 내가 서울에서 서예학원을 차려서 경영하던 때에 있던 일이다. 우리 학원생들은 남녀노소를 막론하고 학원 안에서만은 정숙한 가운데 반드시 예의를 갖추게 하였고, 의용(儀容)이 엄정함으로써 타의 모범이 되었다.

　하루는 틈을 내어 이웃의 서예원이 궁금하여 인사차 학원장을 심방했다.

　나는 깜짝 놀랐다. 서예를 가르치는 선생이나 수강생들이나 할 것 없이 예의라고는 전혀 찾아볼 수가 없었고, 분위기가 어수선하여 차마 눈을 뜨고 볼 수가 없었다.

　선비라는 선생 자신부터가 드러난 맨발에 러닝셔츠와 반바지 바람의 흐트러진 자세로 글씨를 가르치고, 남녀원생들도 매한가지 자세로 붓을 들고 있었다.

　그 후 다시 한번 찾아갔더니 고작 7명만 남아 있었는데, 결국 버티지 못하고 학원은 없어지고 말았다.

　전형적인 소음인의 극심한 결벽증이 병적인 것 같아도 좋은 결과를 가져다주는 경우도 적지 않으며, 살아가는 과정이 힘들고 고생은 되어도 나쁜 버릇이라고 나무랄 것만도 아닐 것 같다고 스스로 위로해 본다.

潔癖症 결벽증

결벽한 증세

淸心廉潔誰排斥 청심염결수배척
精敏鮮行我願情 정민선행아원정
仁德實虛由勿問 인덕실허유물문
胎中之癖世途荊 태중지벽세도형

마음이 청렴결백한 사람 누가 마다하리오
깨끗하고 조촐함은 내가 원하는 바인데
인덕이 있다 없다 묻지를 마오
배냇버릇에 세상살이가 가시밭인 것을요.

건망증과 치매 사이에

까마득 높은 '치매성'(城) 제일 문(門)에 이미 입성한 것 같은 일이 내 안에서 자꾸만 일어난다.

내가 지금 너무도 참담하고 황당하고 기가 차서 서글픈 가슴을 움켜잡고 땅이 꺼져 내려가는 큰 한숨을 내뱉고 있고, 또 다른 한편으로는 참을 수 없는 허탈한 웃음이 멈추지 않고 터져 나와 겉보기에는 마치 실성한 사람처럼 껄껄껄 가슴 쓰린 웃음을 탄식에 담으면서, 이 글을 쓰고 있다.

겨우 든 잠에서 깨어나 매일같이 하는 대로 잠옷을 벗고, 고양이처럼 대충 씻고 나서 침실에 되들어온다.

하얀 러닝셔츠를 다시 입고, 그 위에 둘째딸이 사준 내복을 덧입고, 그 위에 막내딸이 떠준 털실복대를 두르고, 그 위에 티를 입고, 그 위에 짙은 갈색의 두꺼운 털조끼를 입고, 아내가 싫다고 버린 얇은 머플러를 목에 두른다. 그리고 오리털 패딩 점퍼를 덧입는다.

핫팩은 특별한 경우에만 사용하는데, 나는 일년 중의 3,4개월은 특별한 경우로 배꼽 위에 붙이고 다닌다.

벌써 산수유와 매화꽃이 피고 양평강 기슭에 풀싹이 파란 3월 하순에 들어선 따뜻한 날씨인데 그렇다.

아침은 우유에 견과류를 더해서 먹고는 절차대로 서재 동창 앞에 놓여있는 컴퓨터 자판기에 다가앉는다. 이런 행위는 매일 매일의 일과로, 일단은 그렇게 절차대로 치러야 한다.

오늘 아침이었다. 여러 겹의 옷을 입은 왼쪽 어깨가 거북스럽기에 손을 얹어 이리저리 만져 봐도 별로 알 수가 없어 그냥 내버려 두었다.

전화벨이 울린다는 아내의 소리에 거실로 뛰어나가 받았더니, 점심을 같이 먹자는 연락이었다. 점심은 웬만한 데는 사양하지만, 오늘은 나서기로 했다.

낮 시간의 온도가 영상 16도라는 예보를 접했다. 그래서 털머플러를 더 두르고 나섰다. 다소 비둔하기는 해도 추운 것보다는 낫다는 생각이 앞서서였다. 왼쪽 어깨는 여전히 거북스러웠지만, 내가 예민한 탓도 있을 것 같고 참을 만해서 그냥 내버려 두었다.

오늘의 할 일을 대충 마치고 밤늦게 샤워실에 가려고 입은 옷을 아침에 입던 반대로 하나하나 순서대로 벗고 있는데 "어! 이게 웬 일이야! 하하하! 내복 밖으로 어깨가 빠졌네? 하하하! 내가 이럴 수가? 아니 내가 벌써 이럴 수가? 우하하하!" 하며 혼자 실컷 웃었다. 이 서글픈 웃음을 멈춰보려고 하는데, 웃음은 잦아들지 않는다.

왼쪽 어깨가 거북하다 싶더니 팔 한쪽이 내복 밖으로 빠졌고, 내복 팔 한쪽은 껍질처럼 뒤로 매달려 있었던 것이다.

아직 치매 증상이 뚜렷하게 나타난다고 생각지 않았는데, 기억력이 현저히 감퇴되어 정신이 깜빡거리는 빈도가 차츰 잦아지더니, 요즘 들어 나 자신을 의심할 정도로 망가져버렸다. 얼굴에 뚫린 일곱 개의 구멍이 성한 데가 한 군데도 없고, 몸도 정신도 망가질 만큼은 다 망가진 것 같다.

한껏 멋을 부려보는 90노인

한 2년 전만 하더라도 늙은이답지 않게 좀 꺼불댔다. 젊어 보이려고도 했고, 멋도 좀 부려 보았다.

나는 집 욕실에서 하루는 샤워만 하고, 그 다음날은 때수건으로 때를 민다. 그것도 하루 앞당기거나 하루 뒤처지거나 할까 봐시 화장실에 걸어놓은 달력에 동그렇게 원을 그려 표시해 두면서, 일년의 절반을 때를 미는 수고를 아끼지 않는다.

때를 미는 일이 간단한 일 같지만 팍 늙은 노인으로서는 힘에 부치기도 하고, 무엇보다 매우 복잡한 절차를 거쳐야 하는 어려운 작업이라 아니할 수가 없다. 때수건으로 등을 밀고 팔다리를 밀면 되는 그런 간단한 것조차도 헷갈려서다.

'무슨 좋은 방법이 없을까' 하고 골똘히 생각하다가 꽤 괜찮은 방법을 찾아냈다.

그것은 '내 몸을 부위별로 나누어서 밀면 순서에 따라 빠짐없이 고루 밀 수가 있겠구나' 하고 생각했던 것이다.

그런데 그 부위별 때밀이마저도 헷갈린다. 부위라야 머리와 몸통 그리고 팔 두 짝과 다리 두 짝으로 나누면 여섯 부위에 불과하다.

그런데 그게 아니다. 좀 더 세부적으로 나누면 수십 개의 부위로 나누어진다. 그러니 조금 전에 민 부위가 헷갈린다. 그렇게 주춤주춤 한 바퀴를 선회하다 보면, 알쏭달쏭해져서 방향감각을 잃게 된다.

하루가 지난 날, 한쪽 어느 부위에 노인성 각질이 일어 가려움이 느껴온다. 결국 그 한 부위를 또 놓치고 만 것이다.

흐릴 대로 흐려져 버린 기억력을 되살릴 방법이 없으니 기발한 부위별 때밀이도 별 소용이 없는 것 같다.

나이 80고개를 넘기면 남녀를 막론하고 거의 대부분의 노인들이 소위 노인성 질환이라는 고질병으로 고생한다. 그래서 제 집 드나들듯이 병원이나 보건소를 찾아가 약을 타 온다.

당뇨병을 비롯해서 고혈압, 고지혈증, 전립선비대증, 간장약, 거기에 소화장애치료제와 수면제 등등 챙겨먹어야 할 약의 수효가 엄청나다.

먹어야 하는 약이 많으니 먹은 약을 또 먹거나 먹은 줄 알고 지나치거나 하는 일이 자주 생기게 된다. 그것조차 쉬운 일이 아니다.

나는 다행히 고지혈증약과 간장약에다 수면제 정도만 챙겨먹는다. 소화제를 찾아 먹는 경우도 비교적 많은 편이다. 그 정도이니 다른 노인들에 비해 그리 많은 편이 아니다.

그런데도 불구하고 하루는 알약 세 알을 입안에 털어 넣고 물을 마시는데, 그 중 한 알이 목구멍에 딱 걸려 넘어가려 하지 않는다. 컵을 기울여 물만 연신 마시며 꿀꺽꿀꺽 삼키는데도 아무 소용이 없다.

결국 목에 걸린 그 알약을 칵칵해서 다시 꺼내보았더니, 약병마다 으레 들어있는 커다랗고 동글한 건조제 덩어리였다.

내가 삼킬 뻔했던 건조제

혼자 껄껄 웃으면서 "에잇! 멍청한 늙다리 같으니." 하며 쓰레기통에 처박고 말았다.

이쯤 뇌년 중증 건망증인지 아니면 치매 초기증상인지 나로서는 갈피를 잡을 수가 없다.

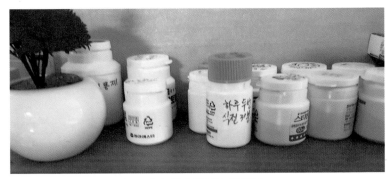

늘그막에 챙겨 먹어야 할 약들

겨울 빗속의 운림산방

　내가 서각(書刻)이라 하면 좀 하는 편이어서 한국예총으로부터 명인(名人)으로 인정받아 명인 대열에 한몫 끼어 있고, 서예도 조금은 하는 편이라 생의 절반을 서예 선생으로 지내왔다.
　그러나 그림은 좋아하기는 하는데 그릴 줄도, 볼 줄도 모른다. 그러니 나에게 그림은 말짱 젬병이다.

　종로 수성동 조계사의 건너편에 '운림필방'이 있다.
　서예 하는 사람치고 모르는 사람이 없을 정도의 유명 필방이다.
　'운림'(雲林)이라는 두 글자가 등산하면서 자주 보아오던 구름숲을 연상케 하고, 시정(詩情)이 물씬 묻어나는 글자여서 예사롭지 않게 보아왔다. 그래서 한시 공부하는 내게는 매우 친숙하게 다가와서 비교적 자주 들르곤 했다.
　그런데 왠지는 몰라도 주인이 다소 무뚝뚝한 것 같은 느낌을 자주 받았다. 혹시 내가 재수 없이 생겨먹어서 외면하려는 것인지, 아무튼 나는 그런 느낌을 늘 받아왔다.

그것도 그럴 섯이나. 운림필방 측에서는 다른 필방에 비해 특색 있고, 격이 한층 높다고 자긍할 만도 할 것이다.

어느 날엔가 티브이에서 경치 좋은 '운림산방'을 비쳐준 일이 있었다. 그때부터 운림산방이 내 머릿속의 한자리를 늘 차지하고 있었다.

겨울비가 계속 내리고 있었다.

진도 버스 터미널에서 택시를 불러 타고 그렇게 벼르던 '운림산방'을 찾아갔다. 이곳이 조선 말기 남종화(南宗畵—수묵, 담채로 그리는 산수화)의 대가인 소치(小癡) 허련(許鍊) 선생이 말년에 그림을 그렸던, 살아있는 화실이란다.

숲 우거진 골에 안개구름이 피어오르는 아늑한 삿갓봉을 뒤에 두고, 즐비한 고전 한옥이 우람하게 펼쳐져 있는 예스런 저택이 '운림산방'이었다.

1982년, 소치의 손자인 남농(南農) 허건(許楗) 선생이 지금과 같이 아름답게 복원하고, 정원에 연못을 파고 공원화하여 서화전가(書畫傳家) 2백 년의 가통(家統)을 세상에 알리기 시작했단다.

어디에 내어놓아도 손색없는 공원 속의 화실, 유서 깊은 심오한 화실을 빗속의 먼발치에서 들여다보았다.

마치 빗속의 그윽한 고전 속의 관경을 그려놓은 남종화를 보
는 듯한 착각이 일지 않을 수가 없었다.

冬雨雲林山房 동우운림산방
겨울 빗속의 운림산방

山房淫雨凌凉窈 산방음우능량요
苑外霑云主不逢 원외점운주불봉
林蔭後臺傳世閣 임음후대전세각
茫看一幅隱南宗 망간일폭은남종

한겨울 세찬 비에 산방은 고요한데
주인은 정원이 비에 젖어 만날 수 없다던가
우거진 숲 뒤의 대를 물린 그림전각
숨겨진 남종화 한 폭이 멀리에 보이네.

매표소 앞에서 본 운림산방 전경

'탄생취소처분통지서' 배달 중

5

치악산서
더덕 먹는 막다른 노인

아직은 심신은 고달파도 별로 무료하다고는 생각지 않는 편이다.

그런데도 최근 들어 여러 산의 풍광 생각이 가시지 않아서 작은 배낭 하나 둘러메고 나섰다. 아침 시간이라 붐비는 셔틀버스에 등산용 지팡이를 쌍으로 들고 차에 오른다.

원주 역전 주차장에서 잠시 기다리면 구룡사 행 버스가 다가온다.

원주시를 굽이굽이 돌다가 종점에 하차하면서부터 산행이 시작되는데, 산행이라야 평지처럼 넓은 약간의 경사진 길을 서서히 오르는 것이 고작이다. 막가는 노인이 오르내리기에 딱 좋은 길을 산책하듯 가벼운 운동으로 손색없이 할 수 있는 적당한 산행길이다.

만추의 치악산

　내게 차가 있을 때까지는 용문산 뒷자락의 '사나사' 주차장에 차를 세워두고, 사나사를 거쳐 뒷산을 오르곤 했다. 때로는 도토리를 줍기도 하고, 단풍지면 사진도 찍으면서 쉬며 놀며 하다가 시간 맞추어 하산하기도 했다. 또 때로는 유명산을 종주하고 차 안에서 피곤을 풀려고 잠시 쉬다가 운전하는 경우도 있었다.

　그러던 것이 차면허를 반납하고부터는 그 모두가 오갈 수 없는 곳으로 되어버렸다. 비교적 가까운 유명산도 그렇고, 수종사 뒷산도 그렇다. 그런데 치악산은 찻길이 잇닿아 있는 데다가 위험성도 없어 편리하기로는 제일이다. 그래서 90나이에 딱 맞는 산으로 굳혀버렸던 것이다.

나이가 좀 많으면 어떠랴 싶어 왕년의 실력을 생각하면서 때로는 평탄한 길 끝에서 한발 더 벗어나 급경사의 계단 길과 계곡의 서덜길을 위험을 무릅쓰면서 욕심낼 때도 더러 있다. 그럴 때면 무릎이 시큰거리며 다리에 힘이 빠져 후들거리거나 숨이 차서 헉헉거리는 일이 적지 않았다.

그렇게 약간의 힘을 들인 날은 그런 대로 할 만한 산행이었다고 만족을 느꼈고, 그런 것이 나의 산행 버릇이기도 했다. 그와 같이 재미있는 산행을 하고도 집에 와서는 입을 뻥끗 못하고 시치미를 뚝 뗀다. 자랑스럽다고 천기누설(天機漏泄)을 했다가는 꼼짝 없이 집구석에 갇혀 있어야 할 것 같아서다.

하산한 주차장 앞에 식당들이 즐비하다. 바닷가에 횟집이 많듯이 이름 있는 산 앞에는 으레 그렇다.

치악산 입구의 식당가(가운데 집이 비룡상회)

집집마다 쳐다보며 호객하는데, 거의 매주 수요일마다 지나다니는 낯익은 처지에 어느 집에 들를까 하고 고심하지 않을수가 없었다. 매상이라야 몇 푼 되지도 않지만, 그래도 장사하는 처지에서는 한 손님도 마다할 바가 아닌 것 같다.

그런 가운데 몇 집을 고루 들르다가 나 자신이 너무 지조가 없는 것 같아, 그 중 제일 가운데 집을 딱 정하고 단골로 삼았다.

주문하는 메뉴는 한결 똑같다. 기관지가 약한 점을 고려하여 더덕으로 정해버렸다. 구이도 하고, 때로는 무침도 한다. 그리고 막걸리도 더덕으로 한두 잔을 곁들여 마신다.

하산한 뒤끝의 얼큰한 기분, 산행에 그런 재미도 한 몫 끼어야 제격이다 싶어서다.

雉岳山沙蔘炙 치악산사삼적

치악산서 더덕 먹는 90노인

鬱蒼天蓋黃金松 울창천개황금송
雙杖輕徒爽暢跫 쌍장경도상창공
深壑淸流聲礧戞 심학청류성뢰알
斜山五彩染楓濃 사산오채염풍농
景勝遠近鮮無限 경승원근선무한
葉落峽中弄我蹤 엽락협중농아종
飛龍息家甘濁酒 비룡식가감탁주
神魂幽醉約期逢 신혼유취약기봉

울창한 황금송이 하늘을 뒤덮은 산길
쌍지팡이 가벼이 발자국 소리 상쾌한데
깊은 계곡 맑은 물이 돌서덜에 부딪고
산비탈엔 아롱다롱 색깔 짙은 단풍이
원근에 한없이 펼쳐진 해맑은 경색을 즐기며
깊은 골 낙엽 위에 즐겨 남긴 나의 발자취
비룡이 쉬어 간 집에서의 달달한 막걸리에
정신까지 그윽이 취하고는 다음을 기약한다.

펜션 창 너머엔 고독한 밤비가
– 세방낙조전망대의 외톨이 90나그네 –

일년 가까이 울화가 치미는 답답증을 안고 살 수밖에 없었다.

예기치 못했던 심한 스트레스를 받으면서도 내색할 입장이 못 되었고, 어디에다 풀어볼 곳도 없는 긴 시일을 보내야 했다. '인생 말년을 이렇게 허무하게 끝을 내어야 하는가' 하는 허탈한 생각만이 꼬리를 물고 있었다.

마치 새장에 갇혀 속박당하고 있는 새가 구름을 그리워 하듯한 농조연운(籠鳥戀雲)의 장시일을 괴로움 속에 연명하면서 다소나마 풀어볼 수 있을까 하는 이기적인 생각을 떨쳐낼 수가 없었다.

그런 생각 끝에 편치 못한 아내를 집에 남겨두고 원거리를 그냥 조용히, 단조로이, 홀로 아무 소리 없이 훌쩍 떠났다. 그렇게 함으로써 단 하루 이틀 만이라도 응결졌던 속마음이 확 풀어질 것만 같다는 생각에서 무조건 떠났던 것이다.

치악산에 갈 때 항상 짊어지고 다니던 작은 배낭에 시집과 수 필집 한 권씩을 집어넣고, '자유시간'이라는 땅콩과자 두 개와 칫솔만을 챙겨서 해뜨기 전의 새벽 시간에 서둘러 집을 나섰다.

지난 오랜 세월, 등산을 겸한 여행의 거의 반은 홀로 다녔다. 내가 생각하기에도 꽤나 괴팍스런 성품이라고 생각하지만, 그 것이 편해서 그렇게 했었다.

고독은 어릴 적부터 몸에 배어 있어서인지 고요히 혼자 있는 것이 내겐 편하고, 그래서 혼자 다니는 것을 더 좋아했다.

진도의 '세방낙조'가 좋다기에 미리 지목해 두었다.

전망대까지 가는 차를 한 시간 여를 기다려서 버스에 올랐다.

겨울 낙조를 기다리는 사람은 붐볐다. 차도 많았다.

원근에 크고 작은 섬들이 푸른 바다 속에 점점이 박혀서 아름 다움을 자랑하고 있었다. 굳이 비교한다면 베트남의 '하롱베 이' 만큼이나 아름다운, 그런 그림을 사람들 틈에 한몫 끼어 사 진도 찍으면서 낙조가 지기를 기다리고 있었다.

그랬는데 묵직한 차 소리가 들려서 뒤돌아봤더니, 내가 타고 가야 할 버스가 확 지나가면서 여음만 남기고 있었다. 그 차가 오늘의 막차라는 것이었다.

낙조를 구경하던 사람들도 다 떠나가고, 해가 진 저녁 어둠 이 깔리기 시작했다. 하얀 파도를 당겼다가 밀어내며 자장가 를 부르기 시작했다. 전망대는 텅 비었고, 낙조가 사위어가는

펜션 창 앞의 해상국립공원

언덕에 오직 지팡이 짚은 90노인 하나만이 낙조 진 어두운 빛을 밟으며 유일한 관광객으로 고아가 되어 버려진 채 외톨이로 남겨졌던 것이다.

전망대에 달팽이집 같은 작은 구멍가게가 하나 있었다. 문을 닫으려는 가게 할머니에게 "이곳에 잠 잘 데가 있어요?" 하고 물었더니 "저 아래에 펜션이 있어요." 한다. "거기에 먹을 것도 좀 있는가요?" 물었더니 "없어요." 하고 문을 잠글 준비를 서두르면서 퉁명스럽다.

외딴 펜션인데 라면이라도 좀 있을 것 같은 생각이 들어서, 노을이 사위어가는 호젓한 내리막길을 어슬렁어슬렁 내려가고 말았다.

그것이 실수였다.

펜션 숙박비는 엄청 비싸게 부른다. 주인에게 "먹을 것 좀 있어요, 라면이라도?" 하고 물었더니 "없는데요." 그것으로 간단한 대답은 끝을 맺는다.

'인심이 험하구나' 하고 속으로 두덜대는데, 한참 있다가 노란 봉지커피를 들고 와서 주방기구가 거기에 다 있다고 알려준다.

이럴 때엔 약사여래불도 나를 위해 해줄 일이 별로 없을 것 같다는 생각이 들어, 고맙다는 인사말을 두 번이나 거듭했다.

옛날 유명산에서 추석연휴 3일 동안을 단식하며 매일같이 정상을 종주하던 생각이 떠올랐다. 하루를 꼬박 굶고 이틀이 되자 계곡에 버려진 쓰레기 봉지에 눈이 멎기도 했다. 깊은 향수가 깃들었어도 참고 사흘을 예정대로 강행했다.

그런 생각을 하면서 배낭에 든 땅콩과자 두 개 중의 하나는 낮에 이미 점심으로 먹어치 웠고, 남은 것 한 개를 마저 꺼냈다. 그 조그만 과자 두 개가 하루 종일의 끼니였다.

과자마저도 자유시간

집을 떠날 때 수면제를 챙기긴 했었는데, 그만 잊어버리고 배낭에 넣지 못했다. 그러니 밤을 꼬박 샐 수밖에 없었다. 수면제 없이는 하루 한 시간도 잘 수가 없는 것이 어제 오늘의 일이 아니다.

펜션 창밖은 파도가 철썩철썩 치는데, 멀리 등댓불이 푸른색 하얀 색이 어우러져 깜박일 뿐, 사위가 죽음처럼 고요했다. 검은 밤바다와 이야기를 나누는 비참한 평화로움만이 다가와

있을 뿐이었다.

　그런 와중에 한밤중부터 비가 처절하게 내리고 있었다. 배고프다는 감각도 이제 마비되어 잊은 지 오래었다. 여행의 피곤은 쌓이는데, 잠들 생각은 진작에 잊고 있었다. 나 자신의 작은 존재마저도 차츰 잊혀져가고 있었다.

　존재에 대한 부정적 인식이 팽배해져가도 그런 자유여행이 내게는 싫지 않았다. 지루하지도 않았다. 아니, 그런 것에 길들여져 흥취를 느끼며 오히려 더 서정이 흐르는 밤을 보내고 있다고 스스로 만족하고 있었다.

　복잡한 세속을 벗어나 깨끗이 마음을 비우고 씻어, 근간에 가슴을 짓누르던 우수(憂愁)는 산산이 부서지는 것 같아 개운했다.

　하늘과 땅이 근심 걱정하는 일이 없듯이 내 마음속은 한없는 평화만이 존재하는, 그런 시간을 보내고 있었다.

　미국 서부영화 〈셰인〉의 한 장면이 떠올랐다. 악당을 물리친 '앨런 래드'가 소년 '조이'의 "돌아와요 셰인!" 하는 외침소리의 메아리를 뒤로하고, 말을 타고 언덕 너머로 사라지는 외로운 나그네를 연상해 보았다.

　그런 방랑길에 내가 있는 것 같은 상상도 해 보았다.

　아마도 내겐 방랑자 같은 기질이 깊이 배어져 있어서 그런 것 같았다.

이윽고 겨울비 내리는 밤바다에 창조의 개벽이 시작되고 있었다. 묵직한 침묵이 깨어져갈 무렵, 비를 머금은 스산한 여명이 창밖에 열리고 있었다.

내가 겪고 있는 지금의 여행이 매우 합리적이지 못하다고 여길 사람이 대부분일 것이다.

그러나 내게 있어서의 이런 여행은 고도(孤島)에 홀로이 표류된 자의 고독감과 같은 복잡한 심리적 감정이 일지 않는 것은 아니나, 자유와 개성을 마음껏 느낄 수 있는 여행임에는 틀림이 없었다.

무한한 자연을 동경하며, 긴 밤 시간의 가지가지 다가오는 감정을 시인처럼 만끽하는 그런 여행이었고, 이런 여행이야말로 타임머신을 타고 원시 시절을 거슬러 살고 있는 고적감 같은 그런 체험이기도 했다.

흡사 영면여행(지리산 정상의 운해)

'탄생취소처분통지서' 배달 중

이번 여행이 영면(永眠)여행 같아 하루 이틀의 어려움이 별로 문제될 것은 아니었다.

윤심덕의 〈사의 찬미〉가 떠올랐다.

> 황막한 광야를 달리는 인생아
> 너의 가는 곳 그 어데이냐
> 쓸쓸한 세상 험악한 고해에
> 너는 무엇을 찾으려 가느냐.

아침 일찍 어제 저녁에 내렸던 버스 정류장에 올라갔다. 겨울비가 세차게 내리는 언덕진 길을 차시간을 놓칠까봐 지팡이와 두 다리를 합쳐 세 개의 다리로 숨 가쁘게 헐떡이며 올랐다.

전망대 주변엔 빈 차도 인기척도 아예 없었다. 펜션 창밖으로 보았던 등댓불도 이제 다 꺼지고 없었다.

그 자리엔 외로이 서있는 지팡이 짚은 90살 방랑 노인 하나가 어제 저녁에 보아두었던 바다를 한없이 바라보고 있을 뿐이었다.

세차게 내리는 적막한 빗속의 희뿌연 섬들 가운데 '손가락바위섬'이 어제와 마찬가지로 바다 위에 아스라이 우뚝 떠있었다.

전망대 위쪽에 펜션이 있는 줄을 어제 저녁엔 몰랐다. 그 펜션 주인이 외로이 서 있는 노 방랑객을 내려다보고 있었던 모양이었다. 그 사람이 우산을 쓰고 다가와서 버스가 없으니 택시를 타라고 일러준다. 간만의 친절에 고맙다는 말을 잊지 않았다. 일러준 택시를 콜 했더니 금방 와주었다. 마음이 안정되자 사진 한 장 부탁하는 여유로움도 생겼다.

이틀 동안 시래기국밥 한 끼와 땅콩과자 두 개로 지탱한, 굶고 다닌 여행이기도 했다. 항상 먹는 것에 인색한 버릇이 아예 굳어져버린 나의 여행습관.

다랍게 살다가 죽었다는 자린고비(玼吝考妣)는 천장에 굴비 한 마리를 반찬으로 매어 달아놓고 보리밥 한 숟가락 떠먹고 굴비 한번 쳐다보게 하는데, 자식들이 두 번 쳐다보면 "애야! 짜다, 짜." 했다는데, 내가 바로 진짜 '자린고비'가 아닐지 자문해 본다.

천장에 매단 굴비

九十浪漫獨遊旅 구십낭만독유려
90살에 홀로 떠난 낭만여행

無謀忽略長途出 무모홀략장도출
有景覓功玩賞傾 유경멱공완상경
通夜饑窮加凄雨 통야기궁가처우
濤聲猶恰減愁平 도성유흡감수평

무모하게 훌쩍 떠난 먼 길 여행
경치 찾아 공들여 구경에 빠졌다가
굶주린 채 밤 새는데 궂은비까지
파도소리 오히려 좋아 걱정 덜어주누나.

旅客夜雨 여객야우

비 내리는 밤바다

可憐九十貪遊慢 가련구십탐유만
無愁殘年忽遽來 무수잔년홀거래
海雨濤聲凄散撫 해우도성처산무
夜風窓外渺燈臺 야풍창외묘등대

구십 살에 딱하게도 떠돌고 싶어서
남은 생 시름 풀고 문득 떠나왔더니
바다 비, 파도소리 처량하게 흩뿌리고
밤바람 창밖에는 등댓불만 아스라이 깜박거린다.

애상의 아바이마을

'1·4후퇴'는 북한지역 깊숙이 쳐들어갔던 국군이 중공군의
인해전술에 밀려 남하할 때에 붙여진 이름이다.

그 후퇴작전에 국군의 잡일을 도우며 남으로 함께 내려온 사
람들이 머물렀던 곳이 속초항이다.

그 사람들은 북에 둔 자기 집으로 금방 되돌아갈 수 있을 것
이라는 믿음에 고향과 가장 가까운 속초항을 임시 대피처로 선
택했고, 그 믿음이 처자식과의 생이별로 이어졌다.

고향의 가족들은 행여나 돌아올까 노심초사 기다리다 지쳤
고, 가족과 생이별한 남자들은 짜디짠 눈물을 바닷물에 적시
며 외로이 짖어대는 갈매기처럼 꺽꺽 울어야 했다. 한숨소리
는 소슬바람으로 이어져 향수를 달랠 길이 바이없었다.

당나라 시성(詩聖) 이백은 '〈정야사(靜夜思)〉라는 제목의 시

를 아래와 같이 남기며 고향을 그리워했다.

牀前看月光　상전간월광
疑是地上霜　의시지상상
擧頭望山月　거두망산월
低頭思故鄕　저두사고향

침상머리의 달빛을 보고
땅에 내린 서리일까?
머리 추켜 산마루의 달을 바라보며
고향생각에 스스로 고개 떨구네.

　또한 나병 시인 한하운은 〈여인〉이라는 시로 가족이 될 여인
과의 생이별의 아픔을 다음처럼 읊었다.

눈여겨 낯익은 듯한 여인 하나
어깨 널찍한 사나이와 함께 나란히
아기를 거느리고 내 앞을 무심히 지나간다

아무리 보아도
나이가 스무살 남짓한 저 여인은
뒷모양, 걸음걸이, 몸맵시하며

틀림없는 저 누구라 할까

어쩌면 엷은 입술 혀끝에 맴도는 이름이오!
어쩌면 아슬아슬 눈 감길 듯 떠오르는 추억이오!

옛날엔 아무렇게나 행복해 버렸나 보지?
아니아니, 정말로 이제금 행복해 버렸나 보지?

고향이니, 가족이니 모두가 잠시만 떨어져도 그리움에 애를
끓는 것이 인간사의 정회인 것이다.

그런 사람들끼리만 모인 마을이라 서로 위로하며 그곳을 터
전으로 차츰차츰 정착하기에 이르렀다. 그렇게 형성된 마을이
'아바이마을'이다. 이와 같이 고향은 체념하고 그곳에서 활동
의 근거를 마련하는 방향으로 새로운 출발을 모색하지 않을 수
가 없었다.

그때에 남하한 사람 대부분이 함흥과 그 인근 지역인 북청 사
람들이었다.

그 사람들은 국군의 잡일로 연명하면서 바닷가의 임자 없는
사주(沙洲-모래땅)에 방치되는 생활로 고통을 겪어야 했다.

그곳을 일러 '아바이마을'이라 이름 붙여 긴 세월을 망향의
한을 품고 대를 이어 살고 있다. 그곳에 〈가을동산〉이라는 드

라마가 촬영되면서 더욱 널리 알려졌다.

　북청군에 신포읍이 있다. 신포는 동해비다를 끼고 이룩된 어항도시로서, 바다 앞에 말을 거꾸로 세워놓은 것 같은 섬인 마양도가 가로로 길게 놓여있어 천혜의 어항으로 꼽히는 곳이다.
　신포어항에서는 명태와 가자미가 제일 많이 잡힌다. 그 가자미 중에서 먹자니 먹을 것이 별로 없고 버리자니 아까운 작은 것을 골라 담그는 젓갈류의 일종이 가자미식혜다.
　내가 어렸을 시절에 아버지의 의술을 믿고 백리 먼 길을 소달구지에 의지해 찾아오는 환자가 많았다. 그 환자들이 올 때면 가자미식혜와 명란젓을 오지항아리에 그득히 담아 들고 오곤 했던 지명이라서, 귀에 익고 낯설지 않은 친근한 지명이 신포였다.

원조 가자미식혜의 신포집

　그런 저런 이유로 가자미식혜는 일찍부터 즐겨 먹던 반찬으로 입맛에 길들여져 자주 찾는 밑반찬이다.
　같은 고향친구인 양평 곤충박물관 관장 신유항 박사와 그의 부인이 가끔씩 갖다 주는 가자미식혜를 잘 먹고 있음에도 아바이마을이 궁금해서 찾아갔다.

  아바이마을 어귀에 내가 자주 이용하는 '신포아바이식당'이
있다. 가자미식혜를 신포사람 솜씨로 여주인이 직접 담아 손
님을 맞이하는, 그 집을 단골로 정하고 늘 주문해 먹어왔다.

  대포항에서 돌아오던 길에 '아바이신포집' 생각이 나서 잠시
들렀더니, 시간이 맞지 않아서였던지 문이 닫혀 있었다. 모처
럼의 방문이 허사가 되어 서운하고 아쉬운 발길을 되돌릴 수밖
에 없었다.

新浦饌店 신포찬점
신포 아바이식당

鰈魚食醢鄕餐戀 접어식해향찬련
尋店蹉跎惜回車 심점차타석회차

고향 음식 가자미식혜가 늘 그립기에
찾은 식당 닫혀서 헛걸음이 아쉬웠네.

운전면허취소처분 ✿

어제까지 잘 타고 다니던 차를 팔고 면허증을 반납했다. 차 주인인 나의 의사와는 전혀 관계없이 나를 대기실에 대기시켜 놓고 저희 모녀끼리 발을 벗고 나섰다. 신분증 갖춰 면사무소에 따라다니는 것조차도 하자는 대로 묵묵히 따라야 했다.

경찰서 담당 여경은 반납하는 자의 허전한 기분은 조금도 위로해 줄 생각을 않고 그냥 로봇처럼 사무적이었다. '운전면허취소처분사전통지서'라는 인쇄된 종이 한 장을 내미는 것으로 뚝딱 처리해버리고 만다. 헛소리라도 한마디 하면서 좀 천천히 처리해도 될 일을 너무 쉽게 끝을 맺는다, 마치 기다렸다는 듯이.

매우 섭섭하고 아쉬웠어도 노처와 자식들 성화에 어쩔 도리가 없었다. 더욱이 사회가 용납하지 않고 질책하고 나서는 터에, 더 미적거릴 수도 버틸 수도 없었다.

십여년 전에 미국에서 딸과 사위가 와서 "아버님! 차 없인 불편하실 텐데 차 한 대 사드릴게요." 하면서 내게 딱 알맞는 아담한 차를 사주었다. 그리고 몇 년 지난 뒤에 차가 낡아서 노인에게 위험할 수 있으니 새 차로 바꾸어 주겠다며 또 사주었다.

그 아끼던 차로 가까운 시골 거리를 아내와 더불어 구석구석 찾아다니면서 밥도 사 먹고, 소풍도 하고, 때로는 용기를 내어 전국의 방방곡곡을 관광차 두루 찾아다니며 잘 활용했다.

그렇게 잘 쓰던 차를 처분해 버렸던 것이다.

모두들 말로는 차 판 돈으로 택시를 불러 타고 다니라고들 하지만, 그게 말이 쉽지 그렇게 수월한 것이 아니다. '만원 안팎의 밥 한 끼를 사 먹자고 택시를 선뜻 불러 탄다?' 이게 어디 말처럼 쉬운 일인가?

집에서 보건소까지의 거리가 한 1킬로미터 정도는 된다. 셔틀버스 노선도 아니고 걸을 만한 거리도 아니다. 그렇다고 택시를 부를 만한 거리도 못된다. 그래서 나 혼자 갈 때에는 불편을 무릅쓰고 걸어서 간다.

차 없이 걷게 되었다

불과 일년 전만 하더라도 그 정도의 거리는 단숨에 갈 수 있었다. 그런데 나이 90에 이른데다가 극심한 마음의 상처까지 받고 보니, 아무리 지팡이에 의존한다 하더라도 벅찰 수밖에 없다.

걷는 것은 그토록 힘이 드는데, 차를 타면 손과 발만 꼼지락거리면 되는 수월한 일이다. 그러니 니이가 90이 되있다 한들 못할 것이 없는데도 왜들 겁박하고 난리를 피우는지 모르겠다.

미국 플로리다에 노인 천국인 공원이 있었다.

공원을 마주하여 가게들이 즐비한 가운데 어느 가게에서는 가지각색의 눈깔사탕을 큰 유리항아리에 가득씩 담아 진열해 놓고, 그 한 편에 냉각조절 장치가 달린 철판 위에 수제 아이스 크림을 뒤지개로 둘둘 말아서 파는데, 노인들이 줄을 서서 기다리고 있을 정도였다.

고객 대부분이 부부동반 노인들이었는데, 이들에게 동심을 일으키게 하고 향수를 달래주는 추억의 시대를 체험케 하는 매우 고풍스럽고 이색적인 모습이었다.

그 길가에 수십 대의 차가 빈틈없이 빼곡하게 세워져 있었다. 운전하는 남녀노인 대부분이 백세는 되어 보이는 파파노인 부부가 대부분이었다.

남들은 아직도 그렇게 사는데, 나이 90살에 왜 호들갑인지 모르겠다. 우리도 걸어 다니기엔 너무 힘든 지방의 작은 마을에서만이라도 그런 아량을 좀 베풀었으면 하는 마음 가시지 않는다.

나도 이제 만가(輓歌)를 부를 때가 닥쳐왔다. 그러니 '운전면허추소처분'의 다음 순서인 '탄생취소처분사전통지서'라는 쪽지가 날아올 날만 집구석에 앉아서 조용히 기다려야 할 것 같다.

〈참고〉

만가(輓歌)는 해로가(薤露歌)와 호리곡(蒿里曲)의 두 가지가 있는데 중국 한나라 때부터 불리었다.
해로가는 왕공, 귀인의 죽음에, 호리곡은 일반 사대부, 서인의 장례 때에 상여꾼이 불렀다. 그 노래를 상여소리라고 한다.

해로가 (해로는 부추에 내린 아침이슬)

　부추에 내려앉은 아침이슬은 어찌 그리 쉽게 마르는가. 이슬은 말라도 내일아침 다시 내리지만 사람이 죽어 한 번 가면 언제 돌아오나.

호리곡 (호리는 태산의 남쪽에 있는 산으로서 묘지의 일컬음)

　호리는 누구의 집터인가. 혼백을 거둘 땐 현명함과 우둔함이 없다네. 귀신은 어찌 그리 재촉하는가. 인연은 잠시도 머뭇거리지 못하네.

백세를 바라보는 나이

90살을 넘긴 해를 망백(望百)이라고 한다.

즉 90을 넘게 살았으니 이제 백살을 바라보는, 즉 인간으로서 최장수점을 찍을 수 있는 나이에 이르렀다는 경하의 뜻을 담은 칭송의 일컬음이다. 그러나 또 한편 생각해보면 인생의 한계점에 이미 다다랐으니 더 이상의 노욕을 버리고 자연에 순응하라는 비애의 일컬음이기도 하다.

세상이 인간 지력(知力)을 넘어 초자연 속을 횡행하는 현실 속에 죽음까지도 절대존재인 자연을 외면한 채 자기 자신의 의지대로 선택할 수 있게 한다면 어떨까 하는 엉뚱한 생각을 해보았다. 그것이 일생의 마지막 날을 자신의 의지대로 미리 정해 놓는 것이었다.

그렇게만 할 수 있다면 남은 시간을 쪼개어 '잔여시간사용계

획표'를 만들고, 그 계획에 의해 차곡차곡 진행해 나간다면 인생을 빈틈없이 꽉 채우고 가는 셈일 터이니, 더할 나위 없이 오달지게 살았다 할 것이다.

늘그막에 할 일이라는 것이 해도 그만 안 해도 그만인 대수롭지 않은 일일 것이기는 하나, 당사자가 느끼는 보람만큼은 결코 적다 할 수가 없을 것이니 말이다.

세상 모든 생물이 어떠한 변고로 인해 자기에게 주어진 천명을 다하지 못하고 죽는 것을 원치 않는다. 참새도 죽을 때에 '쨱' 한다지 않는가. 그것은 죽음으로 가는 길이 못내 아쉬워서 새어나오는 울부짖음이다. 미물인 참새도 그렇거니와 하물며 인간이 어찌 삶의 끝자락에 이르렀다 하여 헛되이 보낼 수가 있겠는가 싶다.

요양병원에 입원한 환자 중에는 몇달 몇년을 같은 병실에 누워 있는 환자가 적지 않다. 그 환자를 옆에서 돌보는 사람은 안타까운 마음에 더 이상 버티지 말고 그만 포기하라고 권하고 싶어도 함부로 말할 수 없는 난처한 처지라서, 마냥 견디고 있을 것이다.

물론 생계에도 적잖은 지장을 겪게 될 것이어서 환자보다 더한 심신의 고통을 감내하면서 힘들게 넘기고 있을 것이 뻔하다.

그러한 제반사를 환자 자신이 모를 리가 없다. 그러나 환자

본인은 희망이 전혀 없음을 예감하고 있음에도 불구하고 심한 고통을 참아가면서 더 살고자 안간힘을 쓰고 있다. 그런 것이 장수의 속성이다.

하기야 이글거리는 불 속에 잠시 들어갔다가 한 줌 재가 되어 나오는 것보다도, 힘이 들고 괴롭더라도 땅 위에 있는 편이 더 낫다는 생각이 다분해서 그럴 것이긴 하다마는….

달걀이 먼저냐, 닭이 먼저냐?

이 말은 지금으로부터 한 5,60년 전쯤, 젊은 층에서 많이 유행하던 농담 말이었다. 원시난포(原始卵胞)가 꼭이 달걀로 먼저 번식되었을 것이라고 속단할 수도 없을 것 같다.

삶과 죽음이 억겁을 넘었어도 달걀이나 닭이 아닌 사람에 한해서는 하나님은 분명하게 선을 그었다. 즉 남자의 갈비뼈가 여자였고, 누구 누구는 몇 살을 살았다고 하는 것을 분명하게 밝혔다.

창세기를 연상하는 일출

창세기의 사람 '아담'이 9백30년을 살았고, 그 아들 '셋'이 9백12년을 살았고, 셋의 아들 '에노스'가 9백5년을 향유했다고 성서에 씌어 있다.

중국의 팽조(彭祖)는 요(堯)나라 때에 태어나서 은나라 때까지의 7백 세를 살았다 하는데도 자기 자신이 죽을 때, 주리(腠理-피부결)가 동자 같았다 하고 "얼마 못 살았구나."라고 한탄했다고 한다.

한나라 무제 때의 동방삭(東方朔)이 서왕모(西王母)의 불사약인 선도(仙桃)를 훔쳐 먹고 삼천갑자(三千甲子), 즉 60갑자의 3천 배인 18만 년을 살았다고 하니, 하느님 다음으로 장수했던 모양이다.

이와 같이 설명이 불가한 기록들은 모두가 인간들의 장수욕이 빚어낸 것이긴 하나, 해도 해도 너무 지나친 환상적 욕구라 아니할 수가 없다.

한때 유행했던 노래가 있다. 이애란의 〈백세인생〉이라는 노래다. 그 대목에

♪ 80세에 저 세상에서 날 데리러 오거든
아직은 살 만해서 못 간다고 전해라 ♪

♪ 90세에 저 세상에서 날 데리러 오거든
알아서 갈 테니 재촉 말라 전해라♪

그 노랫말 밑에 한 줄 더 넣어보았다.

♪♪90세에 저 세상에서 날 데리러 오거든
할일을 다 했으니 데려가라 전해라. ♪♪

  우리나라 인구 중에 90세 이상 99세까지 살아 있는 남자 노인
의 수가 약 6만1천명이라 하니, 나도 이만하면 지금 죽는다고
억울할 것이 조금도 없다. 그러나 백세까지 기어이 살아야 할
노인이 있다면 거기에 상응하는 일거리를 찾아야 할 것이다.

  나만은 이미 망백에 이르렀으니 그것만으로 만족할 줄 알아야
하겠다, 그것도 지혜로 여기고 가야 할 길도 스스로 찾으면서-.

구십 평생의 마지막 전시회

속초 솔밭가의 '바다정원'

23년 전부터 광탄서예교실에서 딸처럼 아껴온 제자 두 사람이 부모처럼 여기는 우리 내외를 생각하여 하루를 바람이나 쏘이자며 일부러 시간을 내어 집으로 찾아왔다. 한번 스승은 영원한 스승이라던가 하면서.

바다 구경하며 그동안 쌓이고 쌓인 스트레스를 확 날려버리고 하루를 느긋하게 보내자는 것이었다.

백설 덮인 백두 준령 그 밑의 긴 땅굴 속을 괴물처럼 뚫고 질주하여 금세 속초항에 닿았다. 차는 미리 정해 놓은 절차대로 횟집이 즐비한 대포항으로 직행했다.

그렇게 행복감에 젖어 따라나선 여행길을 우리 두 노인은 만끽하고, 돌아오는 길을 지겹게 많은 터널 길을 피해 울산바위를 옆에 보며 차를 달리고 있었다.

해안가를 따라 푸른 솔숲이 느닷없이 나타나더니, 모래땅

딸 같은 서예제자들과 '바다정원'

위에 '바다정원'이라는 대형 건물이 홀연히 서 있었다. 확 트인 드넓은 바닷가에 한없이 편안한 초대형정원에서 쉬며 노는 사람들이 파도에 젖어드는 백사장을 밟으며 사진도 찍으면서 즐기고 있었다.

하늘을 덮는 푸른 솔숲에서 간간이 내리비치는 햇살 속을 뛰어노는 아이들의 모습이 앙증스럽기 짝이 없었고, 젊은 연인들의 해맑은 웃음소리가 파도소리에 휩쓸리고 있었다.

터미널 같은 넓은 공간에서 커피와 빵을 사들고 엘리베이터로 2, 3, 4층과 옥상에 마련되어 있는 전망대로 올라가 창 너머 펼쳐진 동해바다를 바라보면서, 갈매기가 점점이 날아다니는 평화로움을 한가히 관조하며 동심 속의 한낮을 만끽하고 있었다.

자식처럼 자분자분한 제자들의 고마운 마음을 알

'바다정원' 솔밭과 동해바다

기에 더할 나위 없이 풍요로이 즐겼던 여행으로 만족감은 충만했다. 이 잊지 못할 한 토막 추억을 내 생의 마지막 순간까지 가지고 갈 것만 같았다.

束草海苑 속초해원
솔밭 가의 바다정원

蒼松蔚映無塵愷 창송울영무진개
碧海波華俗滌煩 벽해파화속척번

푸른 솔 울창하여 티끌 없는 편안함
밀려오는 파도꽃에 속세의 번거로움 다 씻긴다.

차 한 잔을 비우는 사이에

내가 세웠기에 더 소중하고, 내가 공들였기에 더욱 사랑하는 '강상묵숙(江上墨塾)'이 9년째에 접어들었다.

2010년 8월에 새로 지은 현대성우아파트에 입주하고 작심한 끝에 세운 서예공부방이 '강상묵숙'이다. 그 강상묵숙이 요즘에 이르러 양평뿐 아니라 전국 방방곡곡에 널리 이름을 떨치고 있다.

내가 서예공부방을 운영한 지가 그럭저럭 한 40년은 된다. 그 중 절반 이상을 양평지역에서 보냈다. 그것도 완전 무보수 봉사로, 그 긴 세월을 보람으로 여기며 살맛나게 오늘에 이르고 있다.

할 수만 있다면 좀 더 일을 만들어 하고 싶지만, 내게 남아 있는 시간이 바닥났다. 인생의 종지점에 깊숙이 들어섰다는 이야기다.

강상묵숙에서 잠시 차 한 잔을 들고 사색에 빠져있는 저자

지난해만 하더라도 무엇인가 더 하려고 노력했고, 이룩한 일도 그런 대로 많았는데, 이젠 더 하려고 해도 힘에 부치고 기억력이 심하리만큼 감소되어 더 이상 머뭇거리고 있을 수가 없게 되었다.

요즘 들어 세월이 참으로 빨리 흐르는 것 같다. 여태까지는 '내게 더 할 거리가 없을까?' 하고 여러 가지 궁리에 몰두하곤 했었다. 그렇게 해서 새롭고 창조적인 일을 계획하고 성사시켰다. 그랬는데 차 한 잔을 비우는 사이에 오늘처럼 잔약해지고 말았다.

김삿갓은 〈노인자조-노인을 조롱하다〉라는 그의 시에서

팔십세 하고도 또 사년을 지냈으니
사람도 귀신도 아니요 신선도 아니로다
다리에는 힘이 없어 걸핏하면 넘어지고
눈은 어둡고 정신이 없어서 앉으면 조네.

내게 할 일이 없으면 살아있다는 것이 헛되다 여길 뿐, 살아있다 한들 아무 의미가 없는 것이니, 이제 어찌해야 할지 가늠이 서지 않는다.

流水歲月 유수세월
세월은 유수같이

人生望百微罷神 인생망백미파신
終乃窮竟鬼界隅 종내궁경귀계우

인생 하마 망백이라 정신은 희미하고 고달파
마침내 귀신 소굴 모퉁이에 이르렀구나.

낙엽과 나의 모습과의 차이는?

근하신년

연말이 가까워지면 해마다 각종 달력이 쏟아져 나온다. 달력 겉장에는 주먹만큼 한 네 개의 글자가 으레 씌어져 있다. 그것이 '근하신년'(謹賀新年)이다. '삼가 새해를 경하 드립니다' 라는 덕담의 사자성어로 '새해에 복 많이 받으세요' 라는 의미를 대신한 한문자다.

이러한 덕담을 신정과 구정으로 나누어 한 해에 수십번은 더 듣는다.

이 듣기 좋은 인사말을 금년에도 숱하게 들었다. 공짜로 주는 복이니 주는 대로 다 받기는 한다만, 너무 헤프면 받는 복 주는 복의 효과가 감소될 것 같아 염려스럽기도 하다.

한 해의 시작을 서로 간에 마음을 하나로 엮어 돈독하고 화락하게 지내보자는 의미이기도 하지만, 막다른 노인들에게는 아직 살아있음을 스스로 확인하려는 몸부림이기도 한 것 같다.

과거에 수십년 동안 해마다 백여 장의 연하장을 붓을 들고 정성들여 써서 보내기도 했는데, 80대 중반부터 아예 접어버리고 말았다. 가냘픈 복마저도 동이 나서 쭉정이만 남았으니, 나누어줄 만한 값진 복이 없을 뿐더러, 복이 이미 희석되어 효험이 없어졌을 것 같아서였다.

신선은 날짜를 꼬박꼬박 세는 번거로움이 없을 것이다. 그러니 아예 햇수에 초탈하여 그저 하루가 시작되고 끝나는 그런 나날을 어제도, 오늘도, 그리고 내일이 있으면 그 내일까지도 세속적인 무슨 날이라는 것에 얽매이지 말고 그냥 그렇게 보내고 싶다.

화락 (저자의 작품)

過歲 과세

설날을 보내며

仙人過歲何關計 선인과세하관계
我亦依天不緊超 아역의천불긴초

설이 신선에게 무슨 상관이랴
나 역시 하늘에 의지하여 초연하거늘.

'탄생취소처분통지서' 배달 중

까치 까치 설날은

'까치 까치 설날은 어저께고요, 우리 우리 설날은 오늘이래요' 하고 한쪽 발만으로 앙감질하며 부르던 옛 동요를 요즘 아이들은 알지 못한다.

설을 원일(元日)이라 하여 새해의 첫날을 의미하고 섣달그믐날을 제석(除夕)이라 하여 밤을 지새며, 제야에 잠을 자면 두 눈썹이 하얗게 센다고 하였다.

설이 가까워지면 어른 아이 할 것 없이 모두가 들뜨고 설렌다. 아이들이 새 옷을 입고 집안 어른들을 찾아뵙는 것을 세배라고 하는데, 아이들은 꽃술을 곱게 놓은 복주머니를 차고 세뱃돈에만 관심이 집중되었다.

설과 복주머니

딸들과 손녀들이 까치설엔 못 오고 설날에 모두가 와서 한복

손녀들의 세배

차림에 세배를 올린다. 손자손녀들이 이제 컸고 좋은 직장에 다니다 보니, 세뱃돈은 거꾸로 우리 할아버지 할머니가 받게 되었다.

가족 모두가 한데 모여 윷을 던져 놀이를 하고, 약간의 딴 돈을 모으고 보태어 마트에 나가서 시원한 아이스크림을 사 오는, 그런 재미를 서로가 나눈다.

설이라고 한 살 더 먹는다는 의미보다 노소가 한 상에 앉아서 음식을 나누어 먹고, 세주(歲酒)도 마시며 즐기는 그런 모습을 보는 것에 더 큰 의미를 갖는다.

이번 설에는 아무도 한 살을 더 먹었다느니, 그런 말을 하는 자식이 없었다. 아마도 나이 들어 서글퍼하실 아버지 어머니를 생각한 배려가 아니었을까 하고 내심 생각해 보았다.

마음만 보내고 오지 못하는 큰자식의 애타는 모습이 눈에 선하다. 나이가 아무리 들어도 자식은 영원한 자식인 것 같다.

자손들이 세장으로 곱게 차려입고

입춘과 괴질

해마다 입춘이 되면 춘방을 정성껏 써서 주민들에게 나누어 주었다.

춘방은 대개 '입춘대길, 건양다경(立春大吉, 建陽多慶)'이라고 화선지에 쓴다. 즉 입춘을 맞이하여 큰 복을 받고 좋은 일이 많이많이 일어나라는 뜻의 덕담의 글로서, 주로 우리나라에서 선호하는 덕담이다.

춘방은 기둥이나 대문 또는 문설주에 붙인다. 가게나 큰 건물에는 창문에 붙이기도 한다. 춘방을 붙임으로 해서 복과 경사가 많이 일어날 것이라는 믿음이요, 기대심리에서 그렇게 한다.

중국 사람들은 더 극성이다. 집 안팎이 온통 붉은 색의 가지가지 춘첩을 일년 내내 붙여놓고 산다.

동남아의 각국에서 여러 가락의 향에 불을 붙여 꾸벅꾸벅 절을 올리는 것도, 그 뜻은 별로 다르지 않다.

춘방을 춘첩이라고도 하는데 '수여산, 부여해(壽如山, 富如海)' 또는 '거천재, 내백복(去千災, 來百福)', '부모천년수, 자손만대영(父母千年壽, 子孫萬代榮)'이라고 쓰기도 한다.

이 모두가 춘방을 붙이기만 하면 복이 저절로 굴러들어올 것이라고 기대하는 벽사기복사상(辟邪祈福思想)에서 유래된 것이다.

금년 입춘은 '코로나19'라는 역병이 창궐하는 바람에 야단법석을 떨어 출입이 자유롭지 못해 우리 아파트의 입춘 행사를 망쳐버렸다.

2019년 12월에 발생한 '코로나19'라는 역병은 전세계에 빠르게 전파되어 이미 4백만 명 넘게 감염되어 30만 명의 생명을 앗아갔다. 그래서 전세계 사람들이 집구석에만 들어앉아 밖에는 얼씬 못하게 엄히 막고 있는 것이 현실이다.

묵숙의 고령 노인 몇 분이 며칠에 걸쳐 우리 아파트 주민에게 만복을 챙겨 드리고 싶어 성의를 다해 쓴 춘방이 여느 해보다 줄지 않아 입춘대길도 무색하게 되었다. 허전함이 없지 않으나, 이제 그만 그 무서운 질병이 오지 말고 조용히 넘겼으면 하는 바람뿐이다.

발문

잔잔히 웃음짓게 하는 재미가
자잘한 즐거움이 되네

운천 황명걸 시인

저자 상산 신재석 선생은, 이번에 내는 책이 신변잡기(身邊雜記)에 불과해 가치가 의심스럽다고 폄훼하였다.

그러나 제가 생각하기로는 그렇지가 않다. 생활 주변의 사소한 것들을 주제로 삼았으되 결코 심심파적이 아닌 잔잔한 재미가 자잘한 즐거움이 되는 장편(掌篇)의 글모음으로 아주 유익했기 때문이다.

글의 꼭지 하나 하나가 항시 가벼운 미소를 짓게 했다. 그것은 작가가 본시부터 지니고 있던 장난기가 인생 말기에 여지없이 드러나 평소와 대조되는 무게의 감량으로 보일 수 있으나 예지 오히려 잘 버무려진 반찬같이 맛이 있다.

증조할머니로부터 '내 버러지'로 애칭됐던 재석이, 늘 호기심에 사로잡혔던 소년 재석, 그 호기심을 풀어내지 아니하고는 못 배기던 열혈 청년 신재석. 그가 선대로부터 배운 한학과 서예를 익혀 서예가가 되고, 드디어 서각명인까지 거머쥐어 한국 서예계의 거목이 되었다.

상산 신재석 선생―

그는 90평생의 반을 재능기부로 서예공부방을 운영, 공익적 생활을 영위함으로써 개인적인 영달은 누리지 못했다. 그러나 그의 가르침으로 수원대학교 미술대학 조형예술학부에 이어 수원대학교 교육대학원 미술교육 전공으로 석사학위를 취득한 서예 제자를 비롯해서 수많은 제자들을 배출하여 후학들이 당신을 존경하며 할아버지인 양, 아버지인 양 따르고 있으니 말이다.

그가 설립한 지 벌써 9년이 되는 '강상묵숙'의 숙생들도 마찬가지다.

상산은 젊었을 적부터 산을 좋아했다. 아니 사랑할 정도였다. 17세 때 고향 함흥의 남쪽 백운산을 비롯해, 가까운 주위의 북한산, 도봉산, 관악산은 헤아릴 수 없이 많이 오르고, 멀리는 남한의 한라산과 북한의 금강산, 백두산까지 어렵게 등반, 그

동안 섭렵한 산이 1백 여를 넘는다.

젊어서는 산에서 몸놀림이 다람쥐처럼 재빨랐으나, 망백(望百)에 이르는 지금은 몸이 쇠약해 걸음이 느려져 어느덧 나무 늘보처럼 되었다 한다.

남들이 핸들을 놓을 나이 80줄에 과감히 운전면허를 따고, 참하고 실속 있는 '프라이드' 차를 몰아 전국 각지로 활발하게 누비다가, 90줄에 들어서서는 가족들의 만류로 본의 아니게 애차와 헤어져야만 했으니, 활동하기에 그 불편함은 이루 말할 수 없겠지만 가장으로서 감내할 수밖에 없었을 것이다.

상산은 거마의 필요성이 절실하여 못내 아쉬우나 차선책으로 비교적 교통편이 편리한 원주 치악산 산행을 택하여 공중교통으로 이동해, 등반 아닌 트레킹을 즐기고 있다. 현명한 처사로 보인다. 후학인 저는 이제 충심으로 선생님의 건강을 기원할 따름이다.

하지만 우리가 다행으로 여기는 것은, 당신이 산행과 더불어 늘 하던 한시작(漢詩作)은 중단하지 않고 계속될 것이매, 우리는 하등 섭섭하지 않아도 좋을 것이다. 이 한시작은 젊어서부터 지금까지 빠뜨리지 않고 쉼 없이 내려오는 천직이니 앞으로도 계속 기대하여 실망이 없을 터이다.

이번 간행된 책 〈90살에 홀로 떠난 낭만여행〉에 실린 35편의 한시 가운데에서 내가 가장 좋아하는 시 한 편을 다시 소개한다.

〈帶妻搔背-등 긁어줄 아내〉

깊은 골에 밥 짓는 향긋한 냇내
뭐랄 사람 없는 허름한 오두막살이
볕 쬐며 약 말리는 구름에 사는 노인
등 긁어줄 아내 있어 늦복 누리네.

한동안 상산 신재석 옹은 실용적인 '프라이드'를 몰고 젊어서
미처 못보고 흘려버린 왕년의 명화를 쫓아 서울의 변두리 극장
찾기를 게을리 하지 않았으며, 요새 영화도 어쩌다 놓치는 경
우엔 지방의 극장까지 찾아 원정도 마다하지 않고 감행한다.

애차를 몰고 각지를 다니다 보면 자연히 맛집들을 꿰뚫어 알
게 되는데, 결코 혼자 다니는 일이 없고 꼭 가족이나 친지를 대
동한다. 그래서 우리 묵숙인들은 숙사의 배려로 맛집들의 진
귀한 음식을 맛보는 행운을 누리게 된다.

그 가운데 한 집이 용두리의 해물짬뽕집인데, 그 내용물이
얼마나 풍부한지 홍합이 잔뜩 들어 있어 호기심이 가득한 선생
의 장난기가 발동해 동행인과 함께 그 수를 헤아렸다는 에피소
드가 있다. 결과는 홍합의 개수가 74개 였다나? 참 재미있는
이야기다.

상산 선생은 양평의 '피터팬'이요, 서예계의 '작은 거인'이다.

그는 자신이 단신이나 크게 애로를 느끼지 못한다며, 위인 중에는 이외로 단구(短軀)가 많은데 나폴레옹 황제를 위시해서 등소평 최고지도자, 그리고 박정희 대통령, 송해 선생 등이 있다고 말한 바 있다.

상산은 남에게 신세 지거나, 더구나 폐를 끼치는 일을 참을 수 없어할 만큼, 그 성품이 결벽증에 가깝다. 그리고 상도(常道)를 벗어나는 일은 보고 견딜 수 없어 한다.

그런 까닭에 그는 대쪽 같고 딱 부러져 웬만한 사람은 범접하기 어려워하고, 그로 해서 더욱 거개의 사람들에게서는 존경을 받고 있다.

선생의 몸에 밴 동양적 덕후(德厚)와 서양적인 미덕(美德)과 프랑스가 높이 사는 '봉상스'(常識)와 '똘레랑스'(寬容) 정신이 합쳐져 당신에게서 귀중하게 체현(體現)하고 있는 것이리라.

선생에게는 놀라운 재주가 있다. 그것은 그가 짓는 아호(雅號)가 호를 받는 당사자와 신통하게도 너무 잘 어울리기 때문이다. 한마디로 신기(神技) 그것이다.

선생이 묵숙의 연장자 넷을 엮어 '사선옹(四仙翁)'을 삼았는데, 그 면면의 호를 보면 그 솜씨가 얼마나 신기한지 혀를 내두를 지경이다.

가령, 숙생 중에서 가장 연장인 최희운에게는 '태정(笞井)'−화공학도로서 과학은 물론 인문학에도 조예가 깊어 담화할 때의견 개진이나 대화를 이끌어나가는 데 있어 해박한 지식이 빛나고 사람을 대함에 원만 능란하므로, 파랗게 이끼 낀 오래된 우물같이 그 속이 유심(幽深)함을 뜻한다. 두 번째로 나이든 소인에게는 '운천(雲泉)'-현역시인으로서 어눌한 말씨와 느린 걸음걸이에서는 항시 시가 흘러나오는 듯한 것이, 흡사 맑은 샘물에 하늘의 영롱한 구름이 내려와 앉아 절묘한 풍경을 이룬 듯 아름다워 그리 지었다고 한다. 세 번째로 나보다 한 살 아래인 디자이너 송흥섭에게는 호월(湖月)- 왕년의 디자이너답게 서예수업 수년 만에 그만의 득도한 서체를 이루어 개성적인 명필(名筆)이 되었으며, 소싯적에는 오락부장이 될 만큼 해학을 자유자재로 구시해 관중을 웃기던 재주가 아직 살아남아 술자리에서는 "어이, 시간 있어? 여기 한 잔 따라봐!" 재담을 중후하게 동료들에게 건네며 사람을 휘어잡는 호걸풍을 보이면서도 평소엔 과묵한 양이, 흡사 푸른 호수 속에 일렁이며 떠있는 보름달을 연상케 하기 때문이란다.

빠뜨릴 뻔한 이야기가 있다. 자칫하면 놓칠 뻔 했는데 다행히 생각이 났다.

그것은 무의식 상태에서 자제할 틈도 없이 극히 순간적으로 저질러지는 몹쓸 버릇인데, 장난꾸러기 소년 같은 어른 신재석 선생이 돌멩이를 주워서 등산화로 힘껏 걷어차는 일이다.

그래서 자신이 찬 조약돌이 본인 얼굴의 급소인 인당(印堂)

237

을 때려 정신이 핑 돌며 코에선 선혈이 낭자하여 위험해 어쩔
줄 몰라 했던 적이 있었단다. 그런데도 그 버릇이 후에도 계속
되어 들길이나 산길이나 어디에서든 돌멩이만 보이면 구둣발
로 걷어차기 일쑤였다니!

　지금이라고 달라지지 않고 있단다. 이 못된 버릇은 스스로
고쳐보려고 애쓰지만 어려서부터 주욱 굳어져버려 도저히 고
쳐지지 않는 생태적 고질병이다.

　이제 그만 해괴망측한 이야기는 접는 게 옳을 테다.
　존경하는 상산 선생님, 단단히 대처하십시오. 이거 큰일 나
겠습니다.
　부디 건강을 돌보십시오. 노구(老軀)를 이끌고 그러시면 아
니됩니다.

저자와의
협의하에
인지생략

90살에
홀로 떠난 낭만여행

발   행 2020년 5월 30일

저   자 상산 신재석

발행처 ✿ ㈜이화문화출판사
발행인 이 홍 연 · 이 선 화
등록번호 제3002015-92호
주   소 서울시 종로구 인사동길 12, 311호
전   화 02-732-7091~3(도서주문처)
F A X 02-725-5153
홈페이지 www.makebook.net